卡萨莫尼卡

[意]奈洛·特罗基亚 著

李沈丹 译

中国友谊出版公司

图书在版编目（CIP）数据

卡萨莫尼卡 /（意）奈洛·特罗基亚著；李沈丹译. -- 北京：中国友谊出版公司，2024.8
ISBN 978-7-5057-5771-4

Ⅰ.①卡… Ⅱ.①奈… ②李… Ⅲ.①纪实文学－意大利－现代 Ⅳ.① I546.55

中国国家版本馆 CIP 数据核字（2023）第 225667 号

著作权合同登记号 图字：01-2023-0849

World copyright © 2019 DeA Planeta Libri
本书经由中华版权代理有限公司授权北京创美时代国际文化传播有限公司。

书名	卡萨莫尼卡
作者	[意] 奈洛·特罗基亚
译者	李沈丹
出版	中国友谊出版公司
发行	中国友谊出版公司
经销	新华书店
印刷	北京中科印刷有限公司
规格	787 毫米 ×1092 毫米　32 开 8 印张　128 千字
版次	2024 年 8 月第 1 版
印次	2024 年 8 月第 1 次印刷
书号	ISBN 978-7-5057-5771-4
定价	59.00 元
地址	北京市朝阳区西坝河南里 17 号楼
邮编	100028
电话	(010) 64678009

如发现图书质量问题，可联系调换。质量投诉电话：(010)59799930-601

致萨拉:
　　你的目光所及之处,便是未来。

序　言

在意大利有那样一个地方：司机开车上路，即便经途并无收费站，也得交过路费；那里时刻进行着毒品交易，不曾停歇；在那里，你去咖啡厅点杯咖啡或买包烟，都可能遭到一顿没来由的皮鞭暴打。

在意大利有那样一个地方：在那里，你骑着摩托车随时会被拦下并遭毒打；在那里，你一出家门就提心吊胆，算着时间及早回家；在那里，无论出售家具、台灯还是大理石，你都得在胸前画十字祈祷好运，一旦所遇非人，就别想赚到分文；在那里，当你替受欺负的儿子讨公道时，和你儿子同岁的未成年人能把你打到遍体鳞伤，落得住院30天的下场，因为要做手术才能恢复正常进食。

在意大利有那样一个地方，哪怕你是律师，只要在辩护中稍有差池，就有可能在罗马法庭的广场上被打得鼻青脸肿。

在意大利有那样一个地方：当执法人员把你拦下时，你得祈祷他们是真警察，而不是"无业游民"冒充的；在那里，你一旦贷款就要为他人卖命，成为他们的棋子或一辈子的受害人；在那里，笑料多到足够喜剧大师托托（Totò）再拍50部《托托骗局》（*Totò truffa*），但那些笑料其实毫不幽默，它们是破碎的生活、侵害权益的商业活动，以及地方势力不断侵蚀的领土；在那里，不义之财混入酒吧、餐馆、舞厅等洗钱场所，或被偷运到蒙特卡洛后通过"税盾"转回意大利，最后四散到由棋子构成的巨大犯罪网络中；在那里，你也能过上纸醉金迷的甜蜜生活，浸身于雕刻精致的浴缸内，享受甜香的泡泡浴，可一旦对"家族"不敬，他们能一把抓住你，用硫酸给你洗澡。

在意大利有那样一个地方，如果你朝不该靠近的女子献上了一句赞美之词，你将迎来当胸一记重拳，当场毙命。

在意大利有那样一个地方，虐待和侵犯被容忍。在那里，每场司法审判以个体事件进行，体制从未予以系统性的、全面的终极回应。那里是法律与秩序的荒漠。过去数十年间，法制就像手边一块用完即弃的抹布，一如国家威信。

那个地方距离威尼斯广场和维托里亚诺纪念堂仅15分钟车程。整个街区由被滥用的劳动力用石灰和榔头建成。其规模已经扩张到令人难以置信的地步,非法建筑物数量激增,与整座城市的规划模式格格不入。那里虽为郊区,但体量之大犹如千万条溪流汇聚,曾有望跃升为大都市的多个中心地带之一,象征现代化的铁路贯穿其间。在那里,现代化唯一一丝曙光来自环形公路后层层叠叠的混凝土,用于建造购物中心和大型商场。但也仅仅是一丝曙光,现代化的黎明从未真正出现。

这里每栋房屋的外观都是一场视觉灾难,毫无庄严感可言。有几户宅子的入口、门廊或大栅门外突兀地摆放着狮子、水星、女仆等雕塑。还有那一面面艳丽浮夸的外墙、为聚会或纪念活动专门搭建的泳池、监控摄像头,以及彰显归属和地位的族徽。每家每户的室内都金碧辉煌,如同白日梦里对权力的贪婪追逐,如同身处好莱坞片场,如同在镶满金纸金绣的嵌壁式屏幕上播放的电影一般。

在距离意大利影坛引以为荣的奇尼奇塔电影城仅几步之遥的地方,就上演着这部无休无止的犯罪史诗剧,几十年来未曾停播。自罗马尼纳到富尔巴门,从阿纳尼纳到夸德拉洛,从图斯科拉纳到钱皮诺,直至每家每户。其势力范围不断扩张,一如多米诺骨牌效应;延伸区域之广,几乎逼近那不勒斯。后者是另一股帮派势力克莫拉(Camorra)盘踞的地方。

"他们只是住在那里,但活跃于整个罗马,并在拉齐奥大区[①]各处都有接应。"知情人士如是说。正是在那里,被称作"无业游民"和"吉卜赛人"的卡萨莫尼卡(Casamonica)家族的话语、身份和霸权充斥了城市的每个角落。

---

① 意大利一级行政区划、大区,下辖省和自治市,罗马为该大区政府所在地。——译者注

目　录

无黑之城的无业游民
001

罗马之王
021

家族首领
069

圈内人
116

犯罪服务机构
148

歌与友
185

后记
235

无黑之城的无业游民

卡萨莫尼卡家族究竟是些什么人?那些暴力袭击和用头撞人的家伙?他们根本算不上黑手党。你见过哪个黑手党成员直接给人一记拳头或头槌的?

说起来,卡萨莫尼卡既非黑手党,也非罗马本土人,甚至都算不上完全意义上的意大利人。他们什么都不是。但出于某些缘由,罗马在卡萨莫尼卡的故事里扮演着不可或缺的角色:正是在这片疏于管理的土地上,各大犯罪家族得以扎根,不断繁衍壮大。

近日,一名被判刑的女毒贩如是说:"在罗马,一切全然是另一幅景象。在这里,哪怕你身背 10 项罪名,也不过被监禁五六个月,至多 7 个月。要是在那不勒斯,同样的罪名得判 10 年。所以我们都得来罗马,否则全无活路。"①在罗马,你永远都能找到出路。这座不设城门的城市是所有人趋之若鹜的乐土。在这里,他们或抵御生命寒冬、逃遁藏身,或经营买卖、安身立命。罗马城内盛行着精神分析学中的"潜抑机制"。社会学家斯坦利·科恩(Stanley Cohen)将其定义为拒绝承认现实的"否认"行为,并列举了日常语言中相关的表达方式。这些表述完美诠释了罗马这座古都在现实面前所持的缄默:"睁一只眼,闭一只眼""事不关己,高高挂起""掩头沙下,充耳不闻""无知是福""视若无睹"。当视若无睹成为整座城市的通行做派时,有罪不罚便成必然。需要简短说明的是,在这个故事里,语言起到了至关重要的作用。伊塔洛·卡尔维诺(Italo Calvino)曾说,语言运用并非易事,因为唯有真正的文学才能升华感知,其他学科都不免流于肤浅、疏于精准。本书并不专讲语言,但要讲好书中故事,需要精准的语言和忠于事实的陈述。事实表明,在近乎半个世纪的历程中,当卡萨莫尼卡家族不断壮大时,其重要性却始终被大大低估。民众普遍将其错误地认作"游民""吉卜赛人""吉卜赛

---

① 这些话出自卡尔梅拉·利琴齐亚托(Carmela Licenziato)的电话通话,记录在罗马法院初审法官弗拉维亚·克斯坦蒂尼(Flavia Costantini)于2018年6月18日下达的预防措施令中。

流浪汉",卡萨莫尼卡家族也乐得用这些标签自我定义。这一错误概念不但在民间广为传播,甚至在司法调查中被普遍接受。这是历史上前所未有的孤例。卡萨莫尼卡被顺理成章地归结为杂耍团里跳梁小丑一般,是一群无组织无纪律的野蛮人,干着见不得人的勾当,在郊外一片罗马式风格的贫民区聚集游荡——这片区域很快成为卡萨莫尼卡家族的聚集地,拉齐奥大区最具势力的家族由此兴起。长期以来,罗马社会普遍不重视犯罪家族,对卡萨莫尼卡更是不屑一顾,将其视为没文化、智力低下的鼠雀之辈、鸡鸣狗盗之徒,他们毫无历史根基,行事漫无目的。正因如此,这个家族的存在始终没有得到民众的关注和正视,以至于能逃脱司法调查,逍遥法外。本书撰写之时,正逢警方对卡萨莫尼卡展开立案侦查,并有一名女证人出庭指证,供述该家族的罪状。推本溯源,正是由于长久以来语言运用上的错误,助长了一个犯罪帝国的诞生和兴盛。

首要错误是纯语言性的,即拒绝承认卡萨莫尼卡的"黑手党"属性。卡萨莫尼卡作为有组织的犯罪集团,长年与当地政界和商界勾结并受到庇护,家族成员阻碍自由竞争甚至称霸一地。这意味着一旦该家族的黑手党性质得到公认,地方当局就必须担责。"熟视无睹"这个成语精准概括了这一否认现实的行为。

没有人会将他们称作黑手党，这个称号显得小题大做。那不过是出现在特定区域的突发性、偶发性事件而已，法庭判为"非典型"。自20世纪80年代至今的几十年间，罗马一直是非法交易的安全地带和逃亡者的避风港。其间，罗马对大多数犯罪行为置若罔闻，但也有过几次大型抓捕：1982年托图齐奥·孔托尔诺（Totuccio Contorno）被捕，当时他拖家带口从西西里岛抵达罗马以逃脱仇敌对他的大力追杀，一并携带的还有大量未交易的毒品；1985年在罗马蒙特马里奥的一间公寓内抓捕了有"黑帮银行家"之称的皮波·卡洛（Pippo Calò）；1991年，来自那不勒斯西班牙街区的黑帮头目奇罗·马里亚诺（Ciro Mariano）落网；1992年轮到弗朗切斯科·坎尼扎罗（Francesco Cannizzaro）被捕，他是克莫拉组织老大尼托·圣保拉（Nitto Santapaola）和重要成员拉斐尔·斯陶德（Raffaele Stolder）的亲信……此处仅列举这几名。这座城市坐拥穹顶壮伟的万神殿、气势磅礴的斗兽场、文化名流汇聚的展厅和诞生古罗马文明的台伯河河滨。但这里不仅充斥着毒品交易、谋杀、绑架等种种恶行，甚至还有黑手党存在，未免过分玷污了绝美之城的美名。

"首都的黑手党势力只是几棵孤木,不成气候。"1991年,时任罗马行政长官卡尔梅洛·卡鲁索(Carmelo Caruso)如是说。类似言论在2014年得到重申。当时,正值马西莫·卡尔米纳蒂(Massimo Carminati)被捕,引发民众质问罗马是否已成为黑帮之都。对此,罗马省督朱塞佩·佩科拉罗(Giuseppe Pecoraro)于几日后回应道:"有一点必须明确:罗马并非黑帮之城。这里的确存在一些黑手党式的行径,但这是两码事。只有像黑手党、克莫拉和光荣会这类对当地社会具有高度控制并具备军事化等级结构的典型组织,才能被称为黑帮。在罗马,这一现象并不存在。"这位罗马省督、内政部中最高级别的公共机构代表直至近期仍持否认态度。

卡萨莫尼卡的犯罪王国一直被轻视为"小打小闹",他们被看作低下之人、吉卜赛人,甚至是吉卜赛贱民。事实上,我们一直在用长枪应对炮弹。由此,该家族以低调的姿态逐渐壮大为罗马最主要的黑手党组织。"我们就是吉卜赛贱民,百分之百的贱民。"卡萨莫尼卡家族的女人们如此高声呼喊。她们顶着一头乱发,身穿吉卜赛长裙,戴着耀眼夺目的珍珠饰品,傲立于自家的别墅之前,一如乱区里的皇后。

克莫拉、黑手党或光荣会这些黑帮组织的模式完全不适用于卡萨莫尼卡这个罗马本土黑帮。目前，意大利最高法院考虑采用全新的法律概念以重新定义卡萨莫尼卡的属性。[①] 而对于这个团伙的成员用头撞人、抡起棍棒打人、大喊大叫和扔拖鞋等行径，如何能把他们归为黑帮？事实上，他们就是卡萨莫尼卡，独一无二、无可取代的卡萨莫尼卡。

在意大利犯罪组织全景中，卡萨莫尼卡具有和其他组织相似的犯罪自由港，但他们的内在身份却如独角兽一般独一无二。

第一个因素体现在暴力形式上，他们采取的是野蛮人暴力，看似盲目、无用和癫狂，但恰恰构成了一个视觉标志，肉眼可见地体现在该家族对这片土地的控制甚至占有。

[①] 在几次审判中，最高上诉法院对"小型黑手党"概念进行了定义。2017年10月26日，最高法院第六分庭庭长弗朗切斯科·伊波利托（Francesco Ippolito）、起草人安杰洛·卡波齐（Angelo Capozzi）发布判决，废除了上诉法院对控制奥斯蒂亚地区的黑手党家族头目卡尔米内·法夏尼（Carmine Fasciani）的无罪判决，并择日重判。黑手党团伙的概念也得到了特别说明："根据法条第416条第2项（即黑手党组织罪），其范畴不仅包括具备大量成员和多种财政手段，通过恐吓和威胁人身安全而实现领土征服和迫使受害人沉默的大规模黑手党组织，也包括一些小规模黑手党组织，成员人数少（只需至少三人），未必需要配备武装，有能力征服一定限度的领土或特定活动部门，通过威胁恐吓的手段，实现领土征服和迫使受害人沉默。即便是单次行为，考虑到它的特定模式和所在的社会结构，本身就能表现出关联纽带的威慑力量。"

第二个因素是家族内部纽带、对外结盟，不同团体相联结，传统与仪式错综交织。这一网络在发展初期给家族带来了一些麻烦，所有成员都深陷其中，无从逃脱，无处遁形。

数个星系构成了一整个宇宙：卡萨莫尼卡、迪西尔维奥（Di Silvio）、迪古列尔莫（Di Guglielmo）、迪罗科（Di Rocco）、斯帕达（Spada）、斯皮内利（Spinelli）这几大犯罪家族，或基于元老间的私交，或通过后代联姻，互相间建立起紧密联系。

第三个因素是难以渗透性和有罪不罚。有罪不罚，源自政府体制内的一众木头脑袋和帮凶，以及对"吉卜赛贱民"的低估。这种低估直接影响了权力的实施。而家族成员的语言难以被理解，也是难以被渗透的要素之一。他们的语言是一种只有内部成员才懂的方言，翻译起来极为复杂。而比这更难的，是找到一个愿意将自己的姓名留在卡萨莫尼卡家族司法调查案卷上的译者。此外，该家族中鲜有成员会产生悔改之心并且配合司法调查。但如今随着女证人德博拉·切雷奥尼（Debora Cerreoni）的出现，这一情况有所改变。她是马西米利亚诺·卡萨莫尼卡（Massimiliano Casamonica）的伴侣，还有他们的好友马西米利亚诺·法扎里（Massimiliano Fazzari），他是光荣会成员，后来与司法部门进行合作。卡萨莫尼卡家族内部存在好几十个核心圈，它们互有联结，但并无交集。每个核心圈都有一个中心成员，该成员不服务于其他任何一个圈子，由此形成群岛式覆盖面。这样，即便某一个环礁沉没了，剩余的环礁仍会屹立不倒并蓬勃发展。卡萨莫尼卡家族中不存在一个统领家族的头目，但分支至少有35条，包含近千人。其中大量人员受到警方调查，但最终都得到赦免或轻罚。大多数情况下，司法调查都以减刑、诉讼期限超过法定时效或受害人撤销诉讼而告终。

近年来的调查中，很多家族成员浮出水面。需要明确的是，卡萨莫尼卡的故事未必意味着黑手党史，但这个家族一定是个有犯罪历史的家族，且每一个家族成员都犯下过令人发指的罪行。那些已经离开家族的成员选择了截然不同的人生道路，仅仅说"不能把所有的人归于一类"是不够的，还是有必要躲得远一些，因为和这个"王国"彻底划清界限难于上青天。时至今日仍是如此。

根据我们重建的数据来看，过去20年间，对卡萨莫尼卡核心成员的司法审判超1600场，其中一部分包括迪西尔维奥和斯帕达家族的成员。近期披露的一份报告显示，

2010—2016年，针对该家族的诉讼共有408起，罪名涉及敲诈勒索、预谋犯罪、欺诈和绑架等。其中，最终使卡萨莫尼卡、斯帕达和迪西尔维奥三大家族的成员锒铛入狱的罪名为毒品罪，6年间共有100多起诉讼。这些罪行展现了家族对罗马的控制和权力。卡萨莫尼卡的故事存在互相重叠的不同版本。有出入的人名，混乱的人物身份信息，使得故事中的他们时而消失时而重现。这是"无业游民"所具备的另一个优势，他们可以频繁更名，混淆身份，随时隐匿。每一个故事版本就像一块碎片，人们要耐心梳理才能理出头绪，拼凑出完整的壁画。而最终呈现的将是一幅错综复杂的巨型景象，淋漓尽致地展现罗马黑社会组织的庞大网络。正是在这个网络中，卡萨莫尼卡逍遥于法网之外，活跃了数十载。

罗马对卡萨莫尼卡现象保持全方位缄默，其原因并非地域性因素，而是社会性因素：当某一片领土上公认的权力并非国家权力时，沉寂应运而生。这是一个始终停留在法庭之外的概念，权力的核心就在于这个家族之名：卡萨莫尼卡。这几个字，足以威震四方。即便是来自迪古列尔莫家族的姻亲都自称卡萨莫尼卡，人们对这个家族趋之若鹜，其影响力可见一斑。

这些有别于其他家族的独特性以及犯罪特征，使卡萨莫尼卡不仅成为拉齐奥大区最具影响力的犯罪家族，且分支势力遍布全意大利。

悔过自新的司法合作人马西米利亚诺·法扎里最初从光荣会起家，并属于卡萨莫尼卡内的一个圈子。他回忆道："如果一群罗马人对抗卡萨莫尼卡，哪怕开枪火拼也没有赢面，因为对手人多势众。没人敢和卡萨莫尼卡撕破脸，因为自知必输无疑。卡萨莫尼卡要么开枪，要么靠人数取胜。你这边有20人，他们竟有50人。他们能像下水道里的老鼠一样把你给生吞了。正是因为他们势力范围太大，我当初特别害怕，我能往哪里逃？在罗马，只要一个卡萨莫尼卡发话，就有一窝蛇鼠蠢蠢欲动。"[1]法扎里是外族人，因此不是每个人都希望他进入卡萨莫尼卡的圈子了解太多内情。朱塞佩·卡萨莫尼卡（Giuseppe Casamonica）的妹妹利利亚娜（Liliana）就是坚决反对者之一，她也完全没错。卡萨莫尼卡家族是独一无二的，只有极少数犯罪家族会有数量如此庞大的追随者。一名受害人明确指出："这是全意大

---

[1] 这些陈述载于罗马普通法院初审法官加斯帕雷·斯图尔佐（Gaspare Sturzo）于2018年6月20日签发并于2018年7月17日执行的审前拘留令。如果没有标明，即为专门发布给作者。

利最危险的家族,他们像野兽一样吞噬人类。即使在酷刑下,我也不敢去告发他们。"

试问,除卡萨莫尼卡之外,还有哪个家族深植意大利几十年,仍操着一口晦涩难懂并且连翻译也找不到的方言?

还有哪个家族能与其他家族形成联盟,并且无比排挤外族,把非吉卜赛人叫作"盖吉"?①

还有哪个家族长久以来没出过一个警方线人,也没有头目、成员或同伙站出来揭发内情?

还有哪个家族能拥有成千上万自冠卡萨莫尼卡之名的"忠徒"?这些人当中,许多实际来自迪西尔维奥、斯帕达、恰雷利(Ciarelli)、德罗萨(De Rosa)、迪古列尔莫、贝维拉夸(Bevilacqua)家族,却都自称卡萨莫尼卡,因为这个名字无人不知。卡萨莫尼卡是如此独一无二、无可取代。

在一通被监听的电话中,家族领袖之一的朱塞佩·卡萨莫尼卡[人称"比塔洛"(Bitalo)]说道:"你知道吗?我们家族无比团结,成员间紧密联结,这很重要。如果我需要兄弟的帮助,他们绝对会施以援手。我们特别团结,这

---

① 吉卜赛语中"gagio"为单数,复数为"gagè"(盖吉),意为"非吉卜赛人"。——译者注

对家族来说难能可贵。我们这个族群,天性如此。"①卡萨莫尼卡这个族群,生来如此,"在罗马,卡萨莫尼卡家族无出其右"。②

马利亚纳(Magliana)团伙核心成员达尼洛·阿布鲁恰蒂(Danilo Abbruciati)的前任情妇法比奥拉·莫雷蒂(Fabiola Moretti)曾向警方自首,之后再度被卷入司法调查。她不愿接受正式采访,但还是就卡萨莫尼卡说了几句:"他们都是我的朋友,我全认识。卡萨莫尼卡家人看起来都是恶人,也没出过一名女老大。我给了他们3000块,无人不敬我三分。"卡萨莫尼卡无法与马利亚纳团伙相提并论。"马利亚纳团伙已不复存在,总得有个家族站出来。罗马这个好地方,人人都想来分一杯羹。骏马不跑,驴子跑。卡萨莫尼卡家族缺一个像朱塞普奇③这样的人。在我们马利亚纳当道的日子里,卡萨莫尼卡家人靠放高利贷为生,虽和我们活跃于同时代,但对我们毕恭毕敬。虽说如今卡萨

---

① 出自2000年9月29日的监听信息,记录于罗马法院2008年6月30日的判决书中。
② 同上。
③ 弗朗科·朱塞普奇(Franco Giuseppucci)是马利亚纳团伙里的一级重要成员。

莫尼卡人多势众，但当年马利亚纳尚在时，掌权的还是我们。"卡萨莫尼卡家人当时如何？"他们只管自己的事，很独立，很不错，值得尊重。他们靠耍伎俩、贩卖汽车过活，不惹事，遵守自己的文化和纪律。"

罗马法庭的法官古列尔莫·蒙托尼（Guglielmo Muntoni）介绍道："卡萨莫尼卡家人是在法西斯时期被驱逐至罗马的，这是他们的一位律师告诉我的。"但其他文献资料显示，在那之后还有几批人陆续抵达罗马。我们保留所有这些假设，是为了体现这个家族的构成充满异质性。他们在50年代从阿布鲁佐、莫利塞抵达罗马，初期在市政公共区域落脚，之后逐渐建立起属于自己的领地。一尺一寸，一砖一瓦，他们亲手搭建起马厩、庭院、宅子，甚至别墅。这是一片未经授权的建筑沼泽，重新定义了这片罗马郊区，把它变成了一条没有市政规划、不受法律约束的水泥巨蟒。卡萨莫尼卡家人搭建起犹如皇家宫殿般的房屋，他们占领街区，吞噬人行道，甚至窃取私人土地。他们将街道拓宽，留出足够宽敞的空间让车辆（尤其是马匹）顺利经过，这只有在罗马南区得以实现；还在奇尼奇塔电影城举办了辛提古老艺术展，丰富的舞蹈演出和舞会吸引了众多目光。

法比奥拉·莫雷蒂不接受采访，但就该家族的崛起和扩张策略澄清了几点："他们一直和本土称霸的团伙保持亲近，因为担心一山不容二虎。"莫雷蒂称，当卡萨莫尼卡家人出席马利亚纳团伙的盛大庆典活动时，低调且不抢风头。这个家族一方面与掌权团伙走得很近，另一方面又因其出身而被普遍视为吉卜赛贱民；他们在应对为数不多的几次司法调查风暴和家族内部结构变动时，也做到了不卑不亢、绝不妥协。卡萨莫尼卡就在这座培育了马利亚纳团伙的城市里积蓄能量，不断壮大。在这里，马利亚纳团伙通过毒品交易和赌场、夜总会、非法赛马博彩等业务，以及与其他黑手党、特务机构和右翼恐怖组织的千丝万缕的关系而发家。虽然马利亚纳团伙脱胎于拉斐尔·库托洛（Raffaele Cutolo）领导的新克莫拉组织，但在罗马，它从来没有被指控或判定为黑手党，这为其他犯罪组织在罗马生根发芽撑起了第一道保护伞。

对黑手党团伙没有做出判决的后果是造成了司法界定上的空白，导致后续对本地和外省黑帮的调查缺乏标杆和立足点。卡萨莫尼卡案便是典型。究竟为何马利亚纳团伙从未被判定为黑帮？当地法官回应，因为在罗马没有出现恐慌。

具体说来，"在罗马从没有蔓延过对犯罪组织的恐惧感，既无官方记录在案，也没受到民间组织的重视"。[①] 事实上，正是恐吓造成了这种屈服和沉默，从而导致对黑帮势力的调查缺乏动力和实质证据，也毫无系统性策划。暴力与流血事件被牢牢封锁在帮派内部，通俗来讲，"他们互相开枪，互相杀戮"。虽然罗马政府后来试图对马利亚纳团伙庞大"星系"内的各个组成团体进行黑手党定性，但以失败告终。

2003年，意大利国家反黑手党调查局（DIA）对卡萨莫尼卡展开代号为"吉卜赛"（Gipsy）的调查行动，这是反黑手党调查局的终极行动之一。罗马检察机关下令对该家族的49名成员采取财产及个人限制措施，因为他们隶属于"一个真正的犯罪集团，通过黑社会组织的典型工具和手段，在首都肆虐了几十年，传播恐惧和不安，逍遥于法治约束之外，积累了巨额财富"。[②] 但上述指控中除了少数几项以外，其余均不成立，所有针对有组织犯罪的指控均被驳回。这在后文将进行详述。

该判决对卡萨莫尼卡的黑手党性质也一概不提，所有

[①] 出自2000年10月6日罗马法院上诉法庭对马利亚纳团伙案做出的判决。
[②] 罗马检察院检察官卢齐娅·洛蒂（Lucia Lotti）在"吉卜赛"行动中，建议对圭多·卡萨莫尼卡（Guido Casamonica）下达预防措施令。该行动由反黑手党调查局局长维托里奥·托马索内（Vittorio Tomasone）领导。

针对人身和资产的限制措施均被撤销。这让家族成员欢欣不已。

除"吉卜赛"行动以外,还有大量司法审判无疾而终,最初的指控在经法院审查后均被驳回,卡萨莫尼卡的犯罪等级也从当地群体性犯罪降为零散作案。所有这一切都始于那场广为流传的马利亚纳审判。关于那场审判,流传着各种版本、说辞和人物。

事实上,正是马利亚纳审判所涉及的那些成员成了期冀实现飞跃的"吉卜赛人"的指路人,其中一人尤为突出。法比奥拉·莫雷蒂叙述道:"一开始他们都是朋友。后来,恩里科·尼科莱蒂(Enrico Nicoletti)与我们逐渐疏远,他先是和那些那不勒斯人越走越近,之后和卡萨莫尼卡家人甚至维托里奥产生了联系。"恩里科·尼科莱蒂最终以预谋犯罪和放高利贷的罪名被判刑,但从未获判黑手党罪。他一手培养了那群"吉卜赛贱民"——那群来自底层世界,专用拳头说话,热爱骑马和拳击的人。司法文件中记载了尼科莱蒂的一切过往,以及他与罗马黑社会和吉卜赛人维托里奥·卡萨莫尼卡(Vittorio Casamonica)过从甚密的证据。

在卡萨莫尼卡家族通往权力的道路上,尼科莱蒂是核心人物。他给卡萨莫尼卡家族带去了众多欠债的客户,帮他们获利还债。这是如何做到的？方法很简单。卡萨莫尼卡家人负责收债，这些吉卜赛人把钱借给有财务困难的企业家。但关键是，他们一开始就从那些落入骗子坑里的人那儿收回了资金，这些不知情的欠债人把尼科莱蒂看作中间人和避风港。

这座开放、包容的城市里，恐惧稍纵即逝，沉默不复存在。在这里，卡萨莫尼卡家族一直与掌权帮派保持密切联系，并与其他犯罪组织保持平等关系。他们从不惧怕。有个故事在卡萨莫尼卡家人之间流传甚广。有一次，一群卡拉布里亚①人兴师动众地前往罗马找一个人算账，他们气势汹汹，全副武装。此人恰是卡萨莫尼卡家族的一名旧交，于是他的老朋友随手招呼了300个弟兄一同前往应战。卡拉布里亚人哪里见过这气势，立马捡起武器、收拾行李，灰溜溜地打道回府了。此类故事不胜枚举。这就是卡萨莫尼卡家族：结交甚广，若谁一不小心招惹了他们的成员或兄弟，就别想有好下场。朱塞佩是家族的首领，也是家族最为人熟知的人物之一，如今虽锒铛入狱，但他在电话里谈到某一个挡道的帮派时却说："那些阿尔巴尼亚人，我们

---

① 卡拉布里亚是意大利南部的一个大区，包含那不勒斯以南像"足尖"的意大利半岛，濒临地中海。

打断了他们的骨头,把他们给放走了。如果不信,尽管到那片去打听。"①

卡萨莫尼卡的故事,值得向世人述说。无论是他们的生活方式和帮派作风,还是他们毫无顾忌的轻松态度、琐碎的细节、混乱吵闹的举止,以及变色龙一样强大的适应能力。他们的内在身份深刻认同中世纪文化:女人和仆人是可互换的,男人则随时需要展示雄性荷尔蒙,同性恋因此被看作男子气概的沦丧。对他们而言,暴力就像重罪犯的文身,是一种烙印,是"光荣的徽章"。

关于卡萨莫尼卡的犯罪成员、近亲和同伙,必须承认的是,他们能与罗马的各个犯罪团伙和平共处。家族内部不存在教父式的头目人物,只需要可靠能干的同僚和友好的近邻。卡萨莫尼卡家族与各个社会群体具备良好关系。圈外人将他们称作"吉卜赛贱民""无产贫民",因为他们在税务机关没有登记任何财产。但实际上,他们坐拥大量财富,也并不惧于展露。知情者将他们称为"无业游民",全因他们不愿轻举妄动,伤及分毫财产。

在这个来者不拒的城市里,卡萨莫尼卡家人俨然已是

---

① 见第10页注释①。

罗马人。基督教的十字架是罗马的象征,而卡萨莫尼卡家人则在肮脏罪行之上摆出一副纯良的面孔,通过与神圣罗马教会的神父们保持着特殊的良好关系,以期在不利情况中渡过难关。卡萨莫尼卡的家中从来不缺神父,无论在家庭节日、新生儿洗礼,还是罗姆式婚礼或家族成员的葬礼上,都有神父为他们主持弥撒。

在这座永恒之城,万物交融,罗马人有着独特的行为方式。受到罗马式生活的影响,他们逐渐与当地人进行商品贸易,支持本土足球队、前往体育场观赛,开始说罗马方言,光顾本地餐厅,并结识了政客、医生、企业家、律师甚至地方法官。在必要时,他们巧妙地将暴力与狡诈结合使用,这是该家族的特征之一。"我们称霸罗马",他们在电话中如是说。家族头目朱塞佩在交谈中说道:"只要我们在场,就不会出现任何麻烦……从来没有人敢来给我们惹事。在罗马,卡萨莫尼卡的名字很有分量,家喻户晓。这里有600万人,人人都认识我们。"[1]

他们的内在身份已经被笼罩一切的罗马精神"污染"了。他们与这座城市深度融为一体,通过广结人脉,出钱

---

[1] 见第10页注释①。

买通关系，建立联盟，从而在罗马的恒久之河上顺利滑行。在罗马精神之下，他们找到了与这片土地的共通之处、共同的激情和共享的乐趣。他们将劳力士作为纹章，展示于东南郊区的非法棚户区，也出现在帕里奥利的俱乐部内，象征着"沙龙精英气质和罗马精神"。这种展示诚然是浮夸的，但也是"不可或缺"的筹码。这就像汽车和经销商的关系：如果没有像模像样的汽车经销店面，如果没有长长一列豪车进行展示，该如何展开放贷、敲诈、换钱和洗钱的勾当呢？这个家族的故事正是从一家汽车经销商拉开序幕，而当家族首领去世后，葬礼上那一辆辆豪华如史诗般的劳斯莱斯，也如此耀眼夺目。

罗马之王

一辆劳斯莱斯和六匹挂满羽毛的马拉着灵车经过。马车夫在前面高喊:"来了,来了!"家族的众多好友专程从那不勒斯赶来,这个日子变得格外特别。殡葬公司的老板阿方索·切萨拉诺(Alfonso Cesarano)向记者解释说:"我们一向来者不拒,黑帮老大又如何?只要是自由公民的生意,为什么不做?"这家殡葬公司曾承办多名演员和艺术家的葬礼,还一手操办了努沃莱塔(Nuvoletta)和马伊斯托(Maisto)两大黑帮教父的身后事。如今轮到了卡萨莫尼卡家族的"叔父"(zio)——维托里奥。

罗马图斯科拉纳区整条道路被封锁,圣乔瓦尼·博斯科教堂前的广场水泄不通。教堂前停着的马车是意大利演员托托葬礼所用的同款,在金色镶嵌物装饰下尽显威严。

帝王已崩。

葬礼现场，乐队演奏着电影《教父》中尼诺·罗塔（Nino Rota）所作的著名配乐，音符与黑色长裙、衬衫相交织，一切笼罩于黑色之中，见证维托里奥·卡萨莫尼卡的逝去，送别他们的帝王。家族成员需服丧一年。这一年里，只吃鱼，禁食蛋肉；禁止大量娱乐活动，不得看电视或去酒吧，听音乐必须调低音量。此外，男性不剃须，女性不脱毛。葬礼后 10 天内，每餐都必须食用由远方亲戚带来的在他乡准备的食物。这原本是辛提人①的传统，对这群人来说，这是他们通过极端的纪念方式向"家族之王"表达敬意与尊重。"他是罗马的最后一位帝王。"亲友们低声说。家族几乎全员出席，教堂外簇拥着 1500 人。

帝王之子安东尼奥（Antonio）受特批出席葬礼，不是出于工作原因，而是因为监禁：他因敲诈勒索罪被拘禁在家。但他不能错过这个悲怆时刻，法官也予以批准。帝王的侄子、人称"大人物托尼"的康西利奥·卡萨莫尼卡（Consilio Casamonica）也来到现场，全身上下

---

① 辛提人（Sinti）又称辛蒂、辛塔或辛特人，特指定居在欧洲和北美某些城市的吉卜赛居民集团，他们遵守很多吉卜赛习俗，从事传统的吉卜赛人的职业，讲吉卜赛语，但受当地语言很大影响。辛提人与罗姆人合称吉卜赛人，但罗姆人认为辛提人已放弃了真正的吉卜赛生活。

尽是文身和饰品。斯帕达表亲们也来了，包括家族之光"拳击手"。还有一众女士们：利利亚娜，人称"斯特凡尼娅"（Stefania）；盖索米娜·迪西尔维奥（Gelsomina Di Silvio），她是卡尔多皮亚诺街道的女主人，居住在那里并发号施令……出席葬礼的众多人物都将在本书被提及。凡缺席者都是因为身陷囹圄，别无他因。

众人进入教堂的过程近乎一场宣泄仪式，他们齐头并进，仿佛是一个整体。场面之壮观，任何剧本描述或电影呈现的视觉场景都无可比拟。

这是 2015 年 8 月 20 日。维托里奥·卡萨莫尼卡这场盛大的葬礼引发了世人震怒，淹没整个罗马，意大利首都占据了全世界报纸的头条。愤怒的情绪倾泻于整个社交网络，共 3.1 万条推文发出"别再重演"的抗议。这震动了意大利议会、检察院和梵蒂冈教会，舆论一片哗然。世界似乎第一次注意到了卡萨莫尼卡家族。

1950 年，维托里奥·卡萨莫尼卡出生在意大利莫利塞大区的维纳夫罗市。他见证了卡萨莫尼卡家族从莫利塞大区和阿布鲁佐大区迁至罗马的过程，在罗马东南郊区定居，并在卡潘内勒到钱皮诺之间的地区入籍，20 世纪 50 年代初到 60 年代稳定下来。最初，家族从事马匹交易，除此以外别无他技。他们开着大篷车占据了一些街区,大多是市政公共区域。后来在同一片土地上,他们逐渐建造起自己的别墅,打造了一个帝国。

在第一批定居者中,有维托里奥的父亲——吉卜赛人的领袖圭里诺·卡萨莫尼卡(Guerino Casamonica),以及母亲维尔吉尼娅·斯帕达(Virginia Spada)。1948年,圭里诺在曼德里奥内街区买下一栋楼,这栋楼日后传给了儿子维托里奥。罗马的定居生活由此拉开序幕。1956年,一份针对曼德里奥内街区的吉卜赛人群的可靠报道指出:"这个街区由卡萨莫尼卡家族主导,至今仍是拉齐奥和意大利中部吉卜赛常住群体的主要居住地之一。家族中诞生了著名的手风琴演奏者圭里诺·卡萨莫尼卡,以及脖子上围着手帕的舞者罗萨里亚·卡萨莫尼卡(Rosaria Casamonica)。"[1]

帝王的继位者是谁?维托里奥从13岁起贩卖摩托车,17岁时一鸣惊人,从著名作曲家、钢琴家阿尔曼多·特罗瓦约利(Armando Trovajoli)那里买下了他的第一辆法拉利,后来"他还把这辆车卖给了小托尼(Little Tony)"。[2]

---

[1] 安托内洛·瑞齐:《声音与注视:视觉与音乐民俗》,弗朗科·安杰利出版社,米兰,2007年。
[2] 在2015年9月8日播出的《门对门》节目中,维托里奥·卡萨莫尼卡的女儿维拉(Vera)在谈及父亲时,用不标准的意大利语说出了这番话。

家族的大部分住宅都建造在公共的国有土地上。他们建立的帝国所在的土地实际上归市政当局所有。这些土地实际上位于弗拉斯卡蒂市，但属于罗马市。

家族用尽手段（主要是通过暴力方式）取得了土地所有权。这类情况的房屋在该区域约有500幢，许多家门口的对讲机上印刻着同一个姓氏——卡萨莫尼卡。[①] 这片国有土地长期为市政公用，在20世纪20年代用于放牧和耕种，不可转让给第三方公民，而日后却成为卡萨莫尼卡家族的据点。弗拉斯卡蒂市有一所古老的农业大学，于1925年关停。20世纪60年代，卡萨莫尼卡家族在该校旧址的国有土地上建起了他们的领地。别墅林立，丝毫不受制约，直到1985年和1994年颁布两次建筑特赦[②]。这片土地曾在战后[③]分配给了退伍老兵和战士。但早在50年代，卡萨莫尼卡家

---

① 安德烈·帕拉迪诺在《一切照旧，卡萨莫尼卡家族继续统治罗马》一文中提及此事，该文2016年5月9日发表于《日常事实》。
② 建筑特赦指建筑赦免令，表示在某些情况下，公民通过自我声明可以纠正在建筑工程的建造、扩建或改建范围内产生的非法活动现象。建筑特赦仅在固定时间段内有效。1985年，意大利政府颁布第一个建筑赦免令，该法令受47/1985号法律管辖，是有关建筑赦免的最完整的监管纪律，旨在应对当时猖獗的非法建筑，通过制裁手段建立起预防和处理系统。1994年第二次颁布建筑特赦令，受724/1994号法律管辖。该法令为建筑合法性设定了三项标准：工程建立时间、状态和规模。最后一项为新设标准，第二次大赦较之1985年法令更为严格。——译者注
③ 指第二次世界大战后。——译者注

族就逐渐在此建起住宅，甚至连家族用于毒品交易的排房都建在公共土地上。环形公路附近的整个区域都属于这一匪夷所思的情况。目前，弗拉斯卡蒂市政府正在将这块土地私有化，以每平方米50欧元的价格出售给公民。但卡萨莫尼卡家人另有途径。他们会先去市政部门摸清价格，以询问信息的名义在当局面前露个脸就马上走人。事后，他们只要在地图上做个标记，就能不花分文将这块地皮据为己有了。

其实，为了避免非议，他们大可以通过正常方式购买土地，但他们偏偏要在公共土地上建立非法帝国。驱逐他们？想都别想。

在与土地所有权相关的几十起司法纠纷中，有一起涉及维尔吉尼娅·卡萨莫尼卡夫人。2016年6月，一名民用土地专员——意大利的典型做法是每个紧急案件都会派一名专员——表达了对国家部门、国家财产处和弗拉斯卡蒂市的尊重，并裁定："位于罗马市的争议土地不属于民用。"于是，家族向上诉法院提出诉讼："我们刚到这儿安家落户的时候，造的房子是非法的，但那是50年前的事了。现在我们是正规的。我靠卖马发了家，你看到这条路了吗？我兄弟让我把它交还给市政府，但他和政客们关系很好，这片地就是我的。"说话人是家族族王的弟弟南多·卡萨莫尼卡（Nando Casamonica），人称"帕帕涅洛"（Papaniello）或"小南多"（J.R.）。他就像电视剧《达拉斯》（*Dallas*）里的石油富商那样，头顶牛仔帽，嘴角一抹小胡子，因身体残疾而坐在轮椅上。他奋力为自己所居住的宫殿慷慨陈词。这座宫殿在市政档案的土地滥用记录中反复出现，建造于弗拉斯卡蒂市的公用土地上，却一直归卡萨莫尼卡家族私人所有。

家族帝王住在哪里？他在世的最后几年一直居住在罗卡贝纳达街10号的别墅里，如今这里住着他的儿子。正如所有豪宅一样，这栋别墅也配有游泳池、监控摄像头、狮子雕像和精致的装饰。整栋房子金光闪闪，象征着权力和独一无二的标志。

然而，他一生的大部分时间住在威尼托街上，离这座城堡很远。那套房子里有着精美、宽敞的罗马客厅，是他心目中真正的归所。他常光顾附近的巴黎咖啡馆，选一张小桌子坐下，有时也会带人去。他是那里的常客，但从来不付钱。一位朋友说："这要是在今天，得被人骂作敲诈勒索的吸血鬼。但在以前，不让族王付钱是惯例，是一种常态和美德。他光临这个地方，使之蓬荜生辉。"在社交聚会上,你能见到族王最真实的一面。他弹着乐器欢声歌唱,时而高谈阔论,时而翩翩起舞。在这些时刻,他获得永生。在他60岁生日宴会上震耳欲聋的欢庆音乐中,他接受了一名年轻人的采访。"今天是我60岁生日,我迎接这群美好的人进入我的别墅,但还不够。再过一个月或一个半月,我还要办一场聚会,我还要他们把房子给炸翻天。"这是一场永远值得铭记的盛宴。"我曾经并且永远是世界第一。一个月或一个半月后,这场盛宴仍将继续。""叔父"戴着帽子,身穿黑色上衣和白色外套,系着领带,手上戴着戒指和劳力士手表,他的身后笑声盈盈、莺歌燕舞。另一个视频中,他一身大红端坐在麦克风前,胸前挂着金灿灿的十字架,吟唱着弗兰克·西纳特拉(Frank Sinatra)的《我的方式》(*My way*)。对他而言,这首歌一如战歌,但周围的亲戚们却环顾四方,并不在意。他的侄子——"大人物"托尼——康西利奥·卡萨莫尼卡,在镜头前炫弄手表。族王见状起身招呼着他的亲戚,将话筒递给侄子,请他高歌一曲,给夜晚画上一个令人难忘的句号。

最了解族王的人,无疑是他的律师马里奥·吉拉尔迪(Mario Gilardi),他陪伴族王一生直至他去世。在那之后,马里奥仍继续为卡萨莫尼卡家族成员效力。"维托里奥·卡萨莫尼卡身背几项欺诈罪名离世,但罪名都不重。以今日的眼光来看,他简直像来自另一个星球。除了一次,他几乎从未被逮捕。即便那一次,他也被无罪释放。维托里奥一生唯一的错误是聪明过头。"聪明,或者更确切地说,是狡猾而富有活力。他第一次被无罪释放是在1987年①。当时,威尼斯检察院的指控非常严重:以绑架为目的的黑手党团伙,报纸上的标题为"卡尼帮"。那次,维托里奥虽然遭逮捕,但声称与此事毫无关联。帮他获得无罪释放的律师吉拉尔迪回忆道:"维托里奥·卡萨莫尼卡与此事毫无干系。"1995年,"叔父"被无罪释放,这场噩梦由此终结。此后,他还经历过几十起诉讼,最后都不了了之,法庭要么驳回上诉或判他无罪释放,要么因超过诉讼时效而不受理,甚至有些时候检察院也撤回公诉。他第一次栽跟头是在1970年,当时他以空头支票罪名接受调查。最终,维托里奥被判缓刑,加上罚了一笔钱,这案子也就草草了结。然而这只是冰山一角,同一罪名下还开出了10多个档案。"叔父"做的是支票生意,有些是空头支票,很容易被查到;另有一些是跳票,与银行账户绑定,账户金额不稳定,都

---

① 原文如此,疑为笔误,应是案发于1987年。——编者注

是为实施欺诈而开设的账户。骗来的钱兜转一大圈,生意也做了一大圈。只有一次,支票生意撞上了一个难堪的毒品"事故"。事实上,卡萨莫尼卡家族不分昼夜,从未停止毒品交易。他们只是偶尔会停下片刻,感慨一番那个传说中的黄金时代,那些从未也永远不会沾染毒品的老一代。

"他和毒品从来都没有丝毫关联。"吉拉尔迪律师言简意赅地说。而这场司法案件也随着法庭驳回上诉而不了了之。这中间究竟发生了什么?正是从这一事件开始,卡萨莫尼卡开始向意大利中部的莫利塞、阿布鲁佐和翁布里亚等地区渗透。2002年,维托里奥·卡萨莫尼卡被卷入一场毒品调查。据称,他向两名嫌疑人贩卖了数量不等的可卡因。其中一名嫌疑人对此进行了确认,但他不愿出庭做证,"因为嫌疑人感到自己和女儿的人身安全遭到巨大威胁……他在面对检察官审讯时承认,进入阿布鲁佐大区的毒品几乎全来自罗马的维托里奥·卡萨莫尼卡,但维托里奥从不弄脏自己的手,总是借他人名义进行操控"。[1] 这场审判以卡萨莫尼卡无罪释放而告终。表面上看,维托里奥没有正式工作,在国家工伤事故保险协会(INAIL)或国家社会保

---

[1] 2004年6月14日,罗马检察院检察官路易萨·洛蒂(Luisa Lotti)提出对维托里奥·卡萨莫尼卡实施特殊监视和资产预先扣押的建议。

障所（INPS）的系统内没有任何记录，但他却有十几辆车，包括两辆法拉利，还有一套公寓；他坐拥大量财产和豪车，但都登记在家族成员名下。保守估计，卡萨莫尼卡家族的资产价值在1亿欧元以上，这还仅仅是其中50名成员的资产价值。

民间流传着各种关于族王的逸事。比如有一次，族王在酒醉神迷中买下一套房。那晚，他和两个老朋友出门，一个企业家和一个神父。他们一起前往威尼托路上的顶级夜总会喝花酒，和妖娆的脱衣舞娘厮混。

在那之前几天，维托里奥得知企业家朋友在罗马海岸有座房子后，大叹："阿奥，你要那房子干什么，卖给我吧。"天真的企业家朋友一再拒绝。直到维托里奥、企业家和神父三人一起喝酒的那晚，他们把酒言欢直至深夜。另两个人不知道的是，维托里奥偷偷带着一份购房合同。普通人签合同，都在房地产中介的办公室里，桌上摆着糖果和自动贩售机里的纸杯咖啡，面前还会站着一名刻板的中介员工。维托里奥可不这样。他趁企业家喝得酩酊大醉之际，让对方签了合同。两天后，企业家站在公证员面前，签下了海边别墅的房屋转让契约。契约上写着一部分房款通过现金支付，剩余部分则用"支票"支付。实际上维托里奥仅支付了几百万欧元而已。几天后,企业家的儿子识破了这个陷阱,一纸诉状告了维托里奥·卡萨莫尼卡。但正如这几年频繁发生的那样,该案件以撤销起诉和双方达成财务和解而告终。他的朋友如此评价他:"他就是这样一个人,是个天才,高智商,具备犯罪头脑。"维托里奥这个相貌堂堂、精明狡猾的男人,随时都在寻找下一个猎物,或是"搞垮"哪个非吉卜赛男人,或是追逐、玩弄哪个漂亮女人。

曾有一次,他邂逅了一名住在威尼托的寡妇。她经营一家汽车经销商店,而汽车正是"叔父"的另一大爱好。他开始热烈追求这位女子,最终俘获其芳心。后来,在她不知情的情况下,"叔父"安排了一辆运载车辆的巨型货车,将一大车价值不菲的豪车从威尼托偷运到了罗马,照样一分钱都没掏。女子随后起诉了他,但法院裁定诉讼时效已过,最后不了了之。汽车是他生命中最大的激情,是他的"职业"。这是他和《犯罪小说》(*Romanzo Criminale*)[①]里的塞科(Secco)——"叔父"的精神导师——的共同爱好,让他激情澎湃。塞科的原型是马利亚纳团伙的恩里科·尼

[①] 意大利黑帮电影,该片讲述了野心勃勃的黑帮组织企图控制整个罗马的故事。

科莱蒂,他主管帮派的财务及其他重大事务。

恩里科·尼科莱蒂的故事能写好几本书。他和朱利奥·安德烈奥蒂(Giulio Andreotti)走得很近。当地方议员奇罗·西里洛(Ciro Cirillo)被极左翼军事组织红色旅①绑架时,尼科莱蒂还支付了部分赎金。一些言论可以更好地体现尼科莱蒂的人物形象。前黑手党老大帕斯夸莱·加拉索(Pasquale Galasso)曾是克莫拉的高层人员,也是克莫拉新家族的首领,后来悔过自新,成为意大利警方的证人。谈到尼科莱蒂,他说:"我是1981年和奇罗·马雷斯卡(Ciro Maresca)②在罗马见面时认识尼科莱蒂的。尼科莱蒂的关系网四通八达,认识意大利各大组织。"伽拉索所指的组织,可不是保龄球俱乐部之流。他补充道:"他③认识一名地方高级法官,以及一名情报机关将军。尼科莱蒂黑白通吃,结交甚广。他熟识奇罗·马雷斯

---

① 红色旅(Brigate Rosse,常被缩写为"BR")是意大利极左翼恐怖组织,成立于1970年,主要创建者为特伦托大学的社会学学生雷纳托·库尔乔(Renato Curcio)。最初的成员是一些左翼激进的工人和学生。该组织声称它的宗旨是对抗资产阶级,它的标志为一挺机关枪和一颗五角星。该组织最著名的一次行动是在1978年绑架并杀害了意大利时任总理阿尔多·莫罗。
② 另一名克莫拉老大。
③ 指尼科莱蒂。——译者注

卡。后者告诉我们尼科莱蒂与西西里人［尤其是皮波·卡洛、托托·里纳（Totò Riina）和莱奥卢卡·巴加雷拉（Leoluca Bagarella）］以及政客［特别是维托里奥·斯巴代拉（Vittorio Sbardella）］走得很近，尼科莱蒂嘻嘻哈哈地一概承认了。"① 但最能勾勒出他"塞科"形象的例证，是一份官方文件里有关他的描述："20多年来，罗马警察总署一直在审查尼科莱蒂的危险性。与此同时，总署的一些重要官员与他私交甚密。"② 来自尼科莱蒂的圣诞礼物总能准时送到各个官员、指挥官、地方法官以及其他政客名流的府邸。关于尼科莱蒂的犯罪事实，能列举的不多。在各方支持下，他参与了罗马第二大学的建设，将1000多笔资本交易中的1笔带回了家。他深度参与到市政事务中。凭借与地方官、政客、警方和高级教士所建立的紧密关系，他打通了黑白两道。

有一个案例颇具代表性。1988年，罗马法院撤销了对尼科莱蒂的强制监禁，并以种种理由悉数归还了他被扣押

---

① 1993年5月12日，议会委员会就黑手党组织问题听取了司法合作人帕斯夸莱·加拉索的发言。
② 针对恩里科·尼科莱蒂的预防措施，由罗马法院院长弗朗科·泰斯塔（Franco Testa）、法官兼起草人古列尔尼·蒙托尼和布鲁诺·阿佐利尼（Bruno Azzolini）于1996年11月11日签署。

的财产。最初,罗马警方给出的意见书拒绝撤销对尼科莱蒂的特殊监禁。但一个月后,1988年9月,警方改口,在新意见书中称尼科莱蒂为"非危险人物,病情严重,已不参与黑帮事务"。这都由卡西利诺警察局一手操办,该警察局也同时负责卡萨莫尼卡案。"第一份意见书由警察局负责人、副局长弗·德桑提斯(F. De Santis)审批。"这名前意大利宪兵警察后来被描述为具有严重的"精神智力、运动和视听障碍"[1]。在此期间,与克莫拉和科萨·诺斯特拉(Cosa Nostra)团伙成员均有往来的尼科莱蒂正忙着谈生意,准备购置位于蒙特卡蒂尼的著名的库尔萨酒店。短短几天内,他就从警方判决书上那个奄奄一息的重症患者摇身一变,成为精力充沛的商人,促成这一改变的因素是豪车。在这个故事中,汽车扮演着重要的角色。从车间到展厅,汽车贯穿了两个世界,构建了友谊,联结着人际的纽带。

恩里科·尼科莱蒂热爱他的豪车,这也是他的好友维托里奥·卡萨莫尼卡的热情所在,两人的友谊就在70年代的一个汽车展厅内产生。从此,卡萨莫尼卡找到了通向

---

[1] 见第34页注释②。

手握实权的上层社会的敲门砖，为家族后来与政坛、警方和梵蒂冈教会建立联系打下了重要根基。尼科莱蒂长期以来积累了大量人脉，他在过去几十年间得以屹立不倒。在这点上，维托里奥可以说是找到了最好的入门导师，就像为了在水上漂浮，你需要救生衣和救生圈。互相依赖和帮忙才能在关键时刻救你的命。维托里奥与他的司机卢恰诺·卡萨莫尼卡（Luciano Casamonica）一起行动，并有家族成员任他支配。在卡萨莫尼卡家族，除了维托里奥，尼科莱蒂还认识卢恰诺、安东尼奥和圭里诺·卡萨莫尼卡等人。从尼科莱蒂和"叔父"维托里奥的黑帮道路伊始，二者就处于互相扶持的共生关系。卡萨莫尼卡实施暴力，负责向尼科莱蒂的受害人施压。互助关系也体现在尼科莱蒂作为帮派的财务主管会把欠债的客户交给卡萨莫尼卡家人，债款也是后者来收，用以抵消尼科莱蒂预支的金额。具体怎么收债，就以卡萨莫尼卡自己的方式了。早在20世纪70年代，这个家族就已恶名远扬，但由于缺乏管制，针对个体受害人的恐怖主义一直持续到今天。后来有几次，客户不打算付钱并且多番讨债无果后，卡萨莫尼卡家人就使用终极武器。必要时，对于那些"毫无诚意"的债务人，尼科莱蒂会"带着一众卡萨莫尼卡成员对债务人进行讨伐"①。一大群人头戴牛仔帽,各个身强体壮像牛一样,喊着完全听不懂的方言,他们气势汹汹的阵仗让人看了就腿软。

但吉拉尔迪律师坚称,这是以讹传讹的谣言,"单说维托里奥·卡萨莫尼卡,他从未参与过讨债或任何暴力活动,从来没有。他善于动脑子,通过狡猾的手段让人上当"。

回到前文所说,罗马法院下令对恩里科·尼科莱蒂采取长期预防措施。

恩里科与维托里奥在一个名为"欧车"的车行相识。在这类犯罪故事里,总少不了汽车经销商这一角色。一名调查员这样解释:"汽车陈列厅就像一块劳力士手表,拥有它是一种永恒的念想。首先,陈列一排排车辆能无比满足虚荣感;其次是实用性。在汽车陈列厅的幌子下,有些勾当能顺利进行,比如黑市交易,进口汽车时在增值税上做手脚,洗钱,放高利贷,标记领土。"

凭借和卡萨莫尼卡家族的关系,尼科莱蒂慢慢收购了那家汽车经销店。有一次,他带着 12 个吉卜赛人来到店

---

① 应罗马检察院检察官乔瓦尼·穆萨罗(Giovanni Musarò)和米凯莱·普雷斯蒂皮诺(Michele Prestipino)的申请,初审法官加斯帕雷·斯图尔佐签署审前拘留令,该判决由宪兵队于 2018 年 7 月 18 日执行。

里，在当时的老板面前招摇了一番，对方便立刻明白自己是在和谁打交道。这个故事能展现尼科莱蒂做生意的手段，追求做法"干净"，在必要时制造喧嚣。尼科莱蒂先通过现金购买股份渗透进管理层，之后一步步侵占了秘书处的办公桌、电话和头衔。一段时间后，他把前老板也挤走了。"我收到了一系列威胁、恐吓和友好建议。我得举报停车场内有炸弹被引爆，炸毁了5辆奔驰车。"① 这些炸药桶从何而来，至今是个谜，但这表明了尼科莱蒂运用"不正当手段"积累财富的过程，法官如此写道。

事发后，前老板纳尔代基亚（Nardecchia）意识到该让位了。在欧车，维托里奥·卡萨莫尼卡自在得像在家一样。

尼科莱蒂和卡萨莫尼卡家族互相袒护包庇，从而保持了长达几十年的友谊。这种友谊不仅存在于财务主管和家族老大之间，也存在于众多"吉卜赛成员"之间。

一个人永远不会忘却第一次"栽跟头"。尼科莱蒂和维托里奥的第一次栽在20世纪70年代初。1972年，罗马有一位匿名人士走在时代前列，揭露了众所周知却被无视的事实："尼科莱蒂是一个大规模高利贷放贷者"，卡萨莫尼

---

① 见第34页注释①。

卡也参与其中。事实上，全靠这些吉卜赛人的支持，高利贷活动才得以顺利开展。被点名的人中，维托里奥并不在列，但在20世纪70年代，他是尼科莱蒂公司开出支票的众多收款人之一，合作关系长期延续下来。被称为"上帝（和基督教民主党）公证人"的米凯莱·迪乔莫（Michele Di Ciommo）完整见证了这些合作关系的开始。在办公室里，他聊起客户尼科莱蒂（二者间也签过债务合同）依次会见了人称"雷亚蒂诺"（Renatino）的恩里科、马利亚纳团伙老大德佩迪斯（De Pedis）、掮客弗拉维奥·卡尔博尼（Flavio Carboni）、朱塞佩·德托马西（Giuseppe De Tomasi，人称"胖子塞乔"），以及卡萨莫尼卡兄弟俩。

在尼科莱蒂和卡萨莫尼卡的长久故事中，有一个与朱塞佩·索尔迪尼（Giuseppe Sordini）有关。索尔迪尼是一名企业家，也是阿纳尼纳地区一家汽车经销店的老板。这个故事的奇特之处在于除了不可或缺的暴力元素外，还包含了绑架子女和惊险逃亡的情节。每当一个吉卜赛家庭试图"收容"一名外族姑娘时，这类情节总是难免。

索尔迪尼在尼科莱蒂的欧车车行所在区域有一家汽车经销店，他的一个侄女嫁给了费鲁乔（Ferruccio）的儿子拉斐尔·卡萨莫尼卡（Raffaele Casamonica）。有一天，有一个叫"拳击手"马尔科（Marco）的人来到店里，想要回他付的定金。遭到拒绝后，他把汽车展厅的一名员工给揍了。紧接着，车行接到了一个电话，是恩里科的儿子托尼·尼科莱蒂（Tony Nicoletti）打来的，想要询问情况。之后来了一个卡萨莫尼卡，以经典的手法用棒球棍将索尔迪尼狠狠殴打了一顿。最后的收尾方式一如既往，索尔迪尼提出的诉讼被法院撤销，一切都像肥皂泡一样消逝了。

与此同时，企业家的侄女和丈夫拉斐尔·卡萨莫尼卡的婚姻出现了问题。卡萨莫尼卡家族总是热情欢迎外族人进入家庭，但要想离开可不容易，不到头破血流休想轻易离开。更何况，妻子竟敢在拉斐尔的母亲保拉（Paola）去世之际抛下丈夫，这简直是对卡萨莫尼卡家人莫大的侮辱与挑战，叫人愤慨。"他们不惜一切代价，想让我回去，"这名年轻女子说，"对他们来讲，一个男人被女人抛弃是巨大的耻辱。在我拒绝回去之后，他们烧毁了我的车，我家附近枪击声不断，甚至我母亲的坟墓也被糟践，这一件件事都是冲着我来的。"但这还没有完结。

司法部门的介入让卡萨莫尼卡家人慌了神，拉斐尔在逮捕令下逃之夭夭，但并非独自一人——他还将年幼的孩子从母亲身边夺走，一起出逃。虽然卡萨莫尼卡家族在这座城市无所不能,但抵不过这位母亲坚不可摧的毅力。母子分离的绝望让她不惧任何威胁,四处宣泄她的愤怒。最终,她要回了孩子并在巨大的痛苦中开始了全新的生活。她不但身无分文,还承受着卡萨莫尼卡家族的持续威胁。在她之后,拉斐尔还以相同方式对待未来的继任,这在下文将谈到。

对于在高利贷和预谋犯罪的两次定罪后获得无罪释放,尼科莱蒂一直辩护称自己是个正直的人。"我建造了数百万立方米的建筑,创造了数千亿里拉的财富,老老实实贡献了大量税收。如今我一无所有!我还建了两所大学,堪称最佳公民。"[1] 他否认一切指控:"我从来没做过马利亚纳黑手党的财务主管。法院判决书中没这么写,现在连首席检察官都撤回诉讼了。所有指控都是假的。我在雷比比亚认识了雷亚蒂诺·德佩迪斯(Renatino De Pedis),他处处唯我是从,给我煮咖啡、洗袜子。他听我说话的神情,仿佛在聆听神谕。"[2] 尼科莱蒂如此描述。他年轻时也曾当过宪兵警察,之后成了"商界将军"。

---

[1] 《速递》于 2010 年 3 月 3 日发布关于恩里科·尼科莱蒂的访谈,http://espresso.repubblica.it/palazzo/2010/03/30/news/boss-no-ero-il-re-di-roma-1.33104。
[2] 同上。

维托里奥·卡萨莫尼卡和恩里科·尼科莱蒂的交情一直延续到今日，最后的记录是在2008年春天。维托里奥是恩里科家中的常客，还常去恩里科的儿子安东尼奥经营的汽车行。这段友谊绵延40年，因为总有交易要做，总有支票要换，总有汽车要卖。维托里奥的儿子——他也叫安东尼奥——在电话里向朋友提及父亲和恩里科："他们是30多年的旧交了。"[1]

在尼科莱蒂和维托里奥·卡萨莫尼卡之间，还徘徊着几十个人物。只要厘清这些人物的排列组合，就能拼出一幅完整的罗马犯罪壁画。

他们的名字在另一个事件中被联系在一起，也是因为汽车，发生在位于罗马千托切勒街区的一个车间内。车间老板叫翁贝托·莫尔齐利（Umberto Morzilli），以这个人为交会点，串起了罗马黑社会众多大人物的故事。他从事机械修理，一辈子见过不少车，但近年来，螺栓、螺丝、撞毁的侧面、烧坏的散热器和彻底报废的发动机，这些机械修理的东西倒是碰的越来越少了。这个车间是他的，直到

---

[1] 见第37页注释①。

去世都在他名下。然而，翁贝托·莫尔齐利并不靠满是油污的双手和低价购入的汽车零部件维生。翁贝托颇为富有，常开着法拉利和私人游艇到处招摇，一如卡萨莫尼卡王朝展示其奢华一般。对这类人而言，当人生的转机到来，当他们从龙套跃升为主角，怎能不公之于众？

2008年2月29日，翁贝托开着自己的一辆装有深色玻璃的A级奔驰车，行驶在罗马南郊的千托切勒街道上，那是他出生和长大的地方。千托切勒街道位于废车回收厂、民房和商业区之间，它像一条混凝土划分线，将现代化中脏乱不堪的一面甩给了工人阶层。

在这个街区，无人不知翁贝托。他备受尊敬，固然是因为开着一辆大马力的豪车。毕竟在这个鸡毛蒜皮的小事都会引发邻里关注的地方，想不引人瞩目都很难。但更重要的是，他从小在马利亚纳团伙的阴影下成长起来，如今竟也混迹在黑帮圈子里。翁贝托向上爬了漫长的一段路，最后靠贩卖可卡因获得了金钱和声望。这天，他开车到达卡梅里广场，一辆大型摩托车挡住了他的去路，随后四声枪响。翁贝托试图打开车门自救，一时间方向盘失控，奔驰车撞上了一辆公共汽车。这辆公共汽车像盾牌一样，正好挡住了在车站等车的乘客，使其免于被撞。摩托车上有两个人,翁贝托被一枪打死,毫无生还的可能。

凶器是一把9毫米口径的手枪,射出的4发子弹中有1发子弹击穿了翁贝托的心脏。在罗马,以2万欧元甚至更低的价格就能找到一个专业杀手,一次行动就能让一个人"躺平"。子弹在车窗玻璃上留下了一个圆形窟窿,这是给那些知晓内幕、能看懂的人传达的某种信息?该案件至今未能侦破,凶手目前仍然在逃。

枪击案发生在上午11点左右,光天化日、众目睽睽之下,竟敢如此明目张胆,恍若在墨西哥华雷斯①。但这里毕竟不是墨西哥华雷斯,这里是罗马。城市里很少会发生枪击事件,即便发生了,也很容易在海量信息中迅速被人遗忘:托蒂奉献的魔术般的精彩球技,一个没有被判罚的点球,半场政府危机,一个媒体事件爆发,这些新闻足以在转瞬之间让街道上的斑斑血迹沦为档案数据。莫尔齐利案至今仍是罗马众多未破的凶杀案之一,既然无嫌疑人,自然无从定罪。

在这座城市,每年都会发生绑架勒索案,平均每月一

---

① 华雷斯是墨西哥北部边境的重要城市,位于墨西哥与美国得克萨斯州交界处。华雷斯是不少墨西哥毒枭的老巢,不同派别的贩毒集团经常血腥械斗,试图抢夺毒品市场和贩毒路线的控制权,日均发生7起谋杀案,在德新社报道中被称为"全球犯罪率最高的城市"。

起以上①，哪怕在雷焦卡拉布里亚或巴勒莫都不会有这么高的频率。但在这里，一切都会烟消云散，台伯河水裹挟着海狸、妓女的尸体和一切人间罪恶，滚滚向前流淌。莫尔齐利被杀的第二天，报纸内页标题全是国家突发事件的新闻，具体而言，是罗马尼亚移民的入境问题。时至今日，依然如此。正如那不勒斯哲学家詹巴蒂斯塔·维科（Giambattista Vico）所言，历史始终在重演昨日旧事，在重走来时旧途。

"机械工"莫尔齐利案的所有线索仍停留在多年前的状态，没有一个线索能推动开庭审理和判决。这场谋杀到底是算总账还是复仇？不得而知。死前不久，莫尔齐利在电话里提到与那不勒斯人即将做成一笔大买卖，还吹嘘自己和克莫拉成员的交情。过去几年中，他进行了业务整合，展现出对房地产行业日益增长的兴趣，还和金融界的新朋旧友打得火热。

莫尔齐利案完美呈现了罗马式犯罪，它与其他形式的犯罪行为存在深刻差异。由于罗马这座城市具有独特性，一切都得另谈，因为这座城市将一切混淆、融合。围绕在

---

① 来自内政部中央统计局，为2016年12月31日警察部队向司法当局报告的犯罪数量。

70年代犯罪核心周围的部分人物如今又回到大众视野中，如一只凤凰消失了一阵后又从灰烬中涅槃重生。犯罪组织的韧性在罗马社会得到了最好的体现。在这里，犯罪势力从未遭打击，从未被击败，更从未真正被掩埋。

相同的人名不断重复出现，相互融会，正如一个巨型熔炉每次都会提炼出相同的铁水，正如似曾相识的场景持续出现，相同片段不断重演，一部看过的电影再次播放。只不过在这个故事里，揉捏到一起的元素是犯罪、商业交易和谋杀。在这些反复出现的名字和人物中，汽车经销店和"无产贫民"是不可或缺的关键点，与那些核心人物有千丝万缕的联系。尤其在罗马南郊的犯罪网络中少不了"吉卜赛人"。无论是兑现支票还是卖车，或是耍些骗钱的伎俩，你总能看到吉卜赛人的身影。

在生命的最后阶段，"机械师"翁贝托已是一名有所成就的企业家。在这座城市，金钱与关系总能带来更多机遇。

甚至在对罗马房地产开发商达尼洛·科波拉（Danilo Coppola）的财务危机调查中，莫尔齐利也被问及。1999—2001年，这位著名的开发商与莫尔齐利存在业务往来，前者购入两家酒店，其中一家位于罗马尼纳地区。科波拉在采访中对此否认并澄清道："我先是在报纸上读到酒店出售的广告,之后通过中介公司和收债公司购买,而不是通过莫尔齐利。"①

但莫尔齐利仍然与托尼·尼科莱蒂和马西莫·尼科莱蒂(Massimo Nicoletti)交情深厚。从马利亚纳团伙转投基督教民主党的恩里科正是二人的父亲。莫尔齐利正是和这两人一起锒铛入狱,因敲诈未遂罪一审被判三年。二审中,马西莫·尼科莱蒂被无罪释放,安东尼奥和另一名同伙获刑。

这是一个典型的阿马特里切式的故事。一切始于一家商店前的炸弹爆炸、一场绑架的威胁以及钱财敲诈。

爆炸发生后,企业家克劳迪奥·卡拉贝塔(Claudio Carabetta)告发了尼科莱蒂兄弟。也正是这场爆炸,引起了警方对尼科莱蒂二子和翁贝托·莫尔齐利的关注。恩里科·尼科莱蒂称记得这个莫尔齐利,但淡化了相熟程度:"马利亚纳总是搞出这类事情!莫尔齐利曾是一名机械工,年轻时偶尔在我的车行里干活。那又如何?我们每年售出成千上万辆车,有数百人为我们工作。"②

莫尔齐利在罗马认识众多权势人物,有当地人也有外乡

---

① 《全景》杂志发表的访谈《达尼洛·科波拉案:我在狱内呼唤复仇》。
② 见第 41 页注释 ①。

人。但这也不能保证他高枕无忧。有传闻说①，翁贝托在遭袭击前几年也曾差点惨死在那不勒斯人手下。他们把他绑架了，还要把他扔进硫酸液里溶解。煎熬了一刻钟以后，他才意识到这只是一个警告。在那个瞬间，他差点以为活到头了，他从一名资产阶级机械工变为犯罪分子的崛起之路也走到头了。他的另一个朋友尼格罗·萨尔瓦托雷（Nigro Salvatore）也没能逃脱悲惨的结局：他身患白斑狼疮，于1997年失踪。当时他被视为罗马可卡因市场的毒枭之一，与尼科莱蒂狼狈为奸。在罗马这座永恒之城中，黑帮头目若想单干，处境会很艰难。但莫尔齐利得以成功保住了自己的地位，还赚了很多钱，不是靠卖优惠券和提供汽车维修服务，而是靠他和尼格罗一起塑造的形象。虽然尼格罗消失了，但这个通过可卡因将罗马彻底笼罩的贩毒组织没有任何变化。你甚至能在这座城市的空气里感受到白色粉末的存在：飘浮不定。它徘徊于城市的上方，它像潜在的威胁，又像在预示着未来，但更像一种对现实的肯定。

坎代洛罗·帕雷洛（Candeloro Parrello）作为继任的毒品市场老大，来到罗马。尼格罗死后，这个市场以及新

---

① 2000年2月2日，恩尼奥·马扎卢皮（Ennio Mazzalupi）在审讯中向检察官交代了一切。

业务的可能性被打开了。正如毒贩帕雷洛，这个来自帕尔米的卡拉布里亚人便在罗马找到了幸福乡。他在弗拉斯卡蒂坐拥一栋600平方米的别墅，内有18个房间，还有1个泳池。帕雷洛颇具老大风范：作为加埃塔诺（Gaetano）的儿子，他更为人所知的是"夜狼"之名。他与朱塞佩·皮罗马利（Giuseppe Piromalli）、萨韦里奥·马莫利蒂（Saverio Mammoliti）一起被尊为"萨罗三阁下"（Don Saro），多年来一直掌管着焦亚陶罗平原最重要的犯罪组织分支。

帕雷洛四处炫耀与莫尔齐利交好。据罗马检察官办公室称，在统治毒品交易市场的各个组织中，有一人在此前从未被怀疑。他便是雷纳托·切尔沃（Renato Cervo），是一名企业家，人称"胖子"或"公证人"。自90年代以来，他一直是罗马放射实验所（Radiologica Romana，位于拉齐奥大区的医疗诊断中心）的持有人。切尔沃也是圣卡罗投资有限公司（San Carlo Invest Srl，主营医院保健和房地产）的总经理。

一纸判决让这个圈子的人物全部浮出水面，法庭撤销了对切尔沃参与贩毒组织的一切指控，宣判无罪后将他释放了。自90年代中期以来，他一直在推动该组织的活动，负责采购并将毒品从西班牙和摩洛哥运往意大利，同时负责财务工作。虽然对切尔沃的所有指控被撤销,因没有犯罪事实而被宣告无罪,但他与贩毒头目马尔科·托雷洛·罗莱罗(Marco Torello Rollero)以及毒贩坎代洛罗的关系已被证实。①

这点可以从无罪释放的判决中看出端倪。调查文件中还强调,"乌申蒂(Uscenti)的儿子雷纳托·切尔沃无疑与尼科莱蒂有关系,他也在图斯科拉纳大街的办公室为尼科莱蒂工作。另一层联系是,特伦贝塔(Trombetta)为尼格罗·萨尔瓦托雷的妻子。罗马警方认定尼格罗是光荣会成员,与尼科莱蒂有不明确的关系"②,法官古列尔莫·蒙托尼在针对恩里科·尼科莱蒂的防范措施令中如是写道。

2008年切尔沃名下财产被查缴,法院将其商业帝国委托给行政官达维德·弗朗科(Davide Franco)并写道:"公司资产具有持久危险性,对合法经济具有内在破坏力。被扣押资产总价值约计13亿欧元。"③10年后,切尔沃获无罪释放,一切资产悉数归还。2018年7月,罗马法院防范措施部下令"取消根据防范措施总章第268/08预防程序对雷

---

① 2016年7月11日,罗马法院第二刑事法庭第一分庭庭长兼起草人阿代莱·兰多(Adele Rando)做出判决。
② 见第34页注释①。
③ 出自国家反黑手党调查局2009年的报告。

纳托·切尔沃的扣押查缴记录和注释"。① 罗马放射公司股份于 2012 年被永久没收,但之后通过修改司法程序,罗马法院在 2017 年反对检察院的意见,将其归还给切尔沃。检方与法院间的意见矛盾聚焦于切尔沃在 1999 年收购该公司时所使用的财政资源。检方虽接受无罪释放,但一再强调切尔沃在 20 世纪 90 年代与不少有组织的贩毒分子头目有来往,包括坎代洛罗·帕雷洛、马西米利亚诺·阿韦萨尼(Massimiliano Avesani)、朱塞佩·乌采里(Giuseppe Utzeri)、马尔科·托雷洛·罗莱罗等。此外,检方还强调:"证据表明,像切尔沃这样身陷多项诉讼的个人向银行申请信贷却无法证明被扣押资产的来源,不禁令人对银行系统的安全性产生怀疑。"② 法院承认切尔沃与这些贩毒分子存在关联,但指出:"没有迹象表明切尔沃独自一人或与他们共同开展了任何犯罪活动……根据最新的核实结果,切尔沃既没有犯罪记录,也没有待决的指控。"最后,法庭裁定:"在没有构成危险的情况下,资产和收入间的失衡并不重要。此外,切尔沃通过银行信贷来投资和发展其商业活动,

---

① 在罗马放射实验所提交给罗马商会的文件中可见。
② 出自罗马法院预防措施部 2017 年 4 月 3 日的判决书,由法官兼起草人古列尔莫·蒙托尼发布。

这一点在公诉人证词和被告的记录中都有所体现。"

因此,雷纳托·切尔沃因无犯罪事实而被彻底宣告无罪,资产悉数归还。时至今日,切尔沃仍是一名企业家。

这一切与卡萨莫尼卡家族有什么干系?他们只关心豪车。这些不过是熟悉的人名而已,与他们毫无干系。

雷纳托·切尔沃对于汽车买卖也充满热情。对此,他并无隐瞒,承认与康西利奥·卡萨莫尼卡的友好关系,称康西利奥是"一个朋友""一名汽车供应商"。[①]2002年,调查人员监听到,切尔沃解释了一番从布兰迪马尔特(Brandimarte)兄弟那儿收取的几张支票,之后交给了"收债方"卡萨莫尼卡。切尔沃对此事的解释是:"布兰迪马尔特兄弟给了我一张价值7000万里拉的支票,我转给了卡萨莫尼卡,用于购买保时捷……卡萨莫尼卡卖给我的那辆车,车牌号是多少我不记得了,因为我马上把它给转卖了。如你所知,我是一个二手车经销商。"他澄清道,"我从来没让康西利奥·卡萨莫尼卡以我的名义向布兰迪马尔特兄弟索取7000万里拉。我给他们的那几张支票仅仅用于商业交易。这都是按既有的习惯所走的流程。我完全没有参与卡

---

① 出自2002年1月11日雷纳托·切尔沃向罗马检察院司法警察提供的简要情况记录。

萨莫尼卡和布兰迪马尔特之间的后续事宜。"

这一事件对切尔沃没有造成刑事后果。他仍然是一个纯粹的企业家,经营范围从汽车经销跨至医疗保健。他与康西利奥·卡萨莫尼卡是纯粹的朋友关系,至少在事发之前是这样。不只是企业家切尔沃,还有许多人与卡萨莫尼卡家族有关联,并对汽车抱有热情。

说回到"机械师"翁贝托·莫尔齐利的故事。有一次,莫尔齐利约了维托里奥·卡萨莫尼卡见面,讨论如何"从一个相当严重的商业事件中"收回本金。随着莫尔齐利凶杀案的调查推进,各种关系网络浮出水面,"吉卜赛贫民们"再次名列其中。杀害莫尔齐利的凶手始终没有找到,但2011年查出了一个诈骗团伙,其中牵涉警察、员工、医生、飞行员和商人等。根据指控,该团伙在市面上出售豪华别墅等房屋建筑和各种礼物,随后携押金逃之夭夭。这些消失的人是不是"吉卜赛人"?

兑现这笔钱的,正是卡萨莫尼卡家族的人——财务主管恩里科·尼科莱蒂。这在一次调查中被查实。那个似曾相识的关系网重新浮出水面,那些消失的人再度归来,他们从未被打败,从未被终结。

早些年,当"机械师"莫尔齐利还在修理汽车时,他的汽车展厅所陈列的汽车中就有"叔父"维托里奥·卡萨莫尼卡的一辆车。

那辆车是劳斯莱斯，这个英国汽车品牌承载着"叔父"最深沉的热爱。

如今，这辆劳斯莱斯停在教堂前。仪式像亲属的眼泪一样流淌而过。在教堂出口处，所有人站成左右两列，留出中间的空间来运送灵柩。一个女人用辛提语哭喊，哭声中充满绝望与煎熬。乐队演奏片刻后，灵柩被运了出来。一只只抬着灵柩的手臂，将卡萨莫尼卡的帝王高高举起，托向天际。

葬礼的现场有花瓣，有马匹，有镶嵌黄金的马车，还有另一件不容忽视的东西——豪车，那是维托里奥·卡萨莫尼卡的激情所在。

他深爱的那辆劳斯莱斯就从这里将他的灵柩送抵墓地，泪水混合花瓣徐徐落下。

现场摆满了挽联，如"生前你已征服罗马，如今你将征服天堂""努努（nunù）、洛蕾达娜（Loredana）、马尔科和雅克林（Jaklin）哀悼先叔父维托里奥"。漫天倾泻的花瓣雨，盘旋于高空的直升机，还有马匹拉着的一辆辆马车，这一切引发了公众哗然的愤慨之情。在经历对卡萨莫尼卡家族多年的缄默和低估后,你可知城市上空的花瓣代表着怎样的耻辱。

位于图斯科拉纳街上的圣乔瓦尼·博斯科教堂,是卡萨莫尼卡家族常年聚会庆祝的场所,直到1997年,家族与教会的关系发生了改变。那年1月,斯特凡尼娅·卡萨莫尼卡拜会教宗若望·保禄二世(Papa Wojtyla),在这位最高教宗面前诵读《天主经》。那天是盛大的"吉卜赛人庆典日",是历史上教宗若望·保禄二世为切费里诺·希门尼斯·马拉(Ceferino Giménez Malla)举行宣福礼的日子。切费里诺,人称"埃尔佩雷"(El Pelé),在1936年的西班牙内战中遭共和党人杀害。对于见教宗一事,斯特凡尼娅坦白说:"我现在还没感到激动,但谁知道明天会不会呢。我才上一年级,修女教我写作。我之前从没在公共场合诵读过,这一次还能近距离看到教宗。"[①] 斯特凡尼娅的父亲名叫圭里诺,时年51岁。"我自己进过监狱,但我的孩子们都很正派,我对他们的教育很严格。直到不久前,这个教区的神父还在试图把我们赶走。如今我们终于有了自己的圣人,这都归功于马里奥·里博尔迪(Mario Riboldi)神父。"圭里诺补充道,"我

---

① 出自《共和报》,署名马里诺·比索(Marino Bisso),1997年4月1日。

们接受过洗礼但不遵循宗教传统。比如，我们不在教堂举行婚礼，而是会按照本族传统举行绑架新娘的仪式。但这段婚姻也是有效的，并将持续一生。"

那个发誓"我的孩子们都很正派"的圭里诺，正是朱塞佩·卡萨莫尼卡、斯特凡尼娅的父亲。朱塞佩，人称"比塔洛"；而斯特凡尼娅的真名是利利亚娜，就是那个在教皇面前诵读经书的小女孩。2018年7月，在警方采取的"格拉米纳"行动中，二人因黑手党罪名双双入狱，如常年杂草终于被除。[①] 他们的故事将在后文进行详述。

让我们回到葬礼那一天。

在圣博斯科教堂的外墙上挂着一张巨幅照片。这是维托里奥的半身像，他颈间挂着十字架，身着白衣，俨然一副教宗的模样。半身像之下，还印着圣彼得教堂的穹顶和罗马斗兽场，以及"维托里奥·卡萨莫尼卡，罗马之王"。维持葬礼现场秩序的是罗马交警，这引爆了一场漫无休止的争议。但事实上，家族多年来惯有的做派就是如此。家族中的一个女人充满自豪地承认："我'叔父'的一场葬礼，让警卫和交警都来现场维持秩序。你们尽管嫉妒，嫉妒死

---

① 见第37页注释①。

你们，这样最好。连我们家的水龙头和浴缸都是金子做的，我们是含着金汤匙出生的人。"当交警在教堂前指挥交通时，现场乐队演奏着电影《教父》的主题曲。音乐声中，身着黑衣的族人陪同已逝"叔父"前往维拉诺公墓的家族教堂。正如家族惯例，参与演奏的乐师们无人得到报酬，甚至没有津贴。当乐队排练时，帝王的家族亲属要求他们"必须演奏《教父》主题曲"。乐师们回答："我们准备演奏《葬礼进行曲》。"亲属回应："在这里，我们说什么，你们就得做什么，必须演奏《教父》。"就这样，尼诺·罗塔这首世界名曲便成了葬礼哀乐。"在逝世亲属的葬礼上，难道还不能选择自己想要的音乐吗？"维托里奥·卡萨莫尼卡的家人这样反问，如此一来便心安理得。他们的选择只是为了图一时之快，而不在于向族王几十年的统治致敬。那个葬礼上已写尽了一切，而那一切已经足够。对此事件，有一个独树一帜的评论称，卡萨莫尼卡家族敢这样大张旗鼓地表达哀悼，或许正是为了向世人证明他们与黑手党无关，因为黑手党不会这样高调。那场葬礼仿佛是一个民间传说，也只停留在民间传说的层面。维托里奥·卡萨莫尼卡不过是个无名之辈，一个辛提族的不良分子罢了。"卡萨莫尼卡家族好像真把他们自己当作罗马的帝王，而不是首都众多犯罪家族中的一个。这些烂俗的吉卜赛人,任凭大男子主义招摇过市……我们没有黑手党人的照片,但卡萨莫尼卡家人却集体高调出镜,引发了一波网络阅读点击量。这波反黑手党热潮最多再持续一个夏天,也就过去了。"①

这一评论的确抓人眼球,但它背后的实际逻辑是,这些卡萨莫尼卡家人与西西里黑手党首领——马泰奥·梅西纳·德纳罗(Matteo Messina Denaro),不露面的黑手党——没有任何关系。

"情况一直如此,但现在才因为一场葬礼引发诸多非议。"一位警察写信给我,表达了他对于媒体大肆报道族王葬礼的失望之情,"每次家族举行新生儿洗礼、婚礼和葬礼,都会产生沸沸扬扬的热议,但我觉得,这些和他们真正犯下的罪行相比不值一提。"

事实的确如此。只有在卡萨莫尼卡家族的葬礼、洗礼和婚礼之际,这座城市才会间歇性苏醒,没过多久又安然入睡了。最近的一次苏醒,便是2015年8月维托里奥的葬礼,一时间成为争论的焦点。然而,只要回顾历史,就不难想起罗马尼纳地区是如何孕育卡萨莫尼卡家族的,如何

---

① 贾科莫·迪吉罗拉莫(G. Di Girolamo):《反黑行动的对抗》,试金者出版社,米兰,2016年。

将这片罗马南部区域转变为一个狂热而辉煌的剧场。

回想1967年圭里诺·卡萨莫尼卡去世，他是大名鼎鼎的维托里奥的父亲。圭里诺是一个关键人物。圭里诺的葬礼当天，每辆马车上都挂着花圈，一家人在哀悼中从图斯科拉纳一路游行至维拉诺家族公墓，年轻的维托里奥一路肩扛父亲的棺柩。1977年，这一法老级别的送葬待遇重现，以哀悼去世的"王后"——维尔吉尼娅·斯帕达。葬礼依然在图斯科拉纳的圣乔瓦尼·博斯科教堂举行。运载"王后"棺柩的马车与2015年那场臭名昭著的葬礼上所用的是同一辆。维尔吉尼娅和圭里诺一共生了16个孩子，其中就有维托里奥，他是所有人的"叔父"，更是所有人的"族王"。但这并不是唯一值得注意和提及的事件。几十年后，这座城市不仅闭上了双眼，更是为印证这个王朝和家族所具有的巨大影响力，主动贡献了浓墨重彩的一笔。

那是1991年9月17日。这一年，第一场海湾战争爆发；这一年，互联网诞生；也是这一年，意大利共产党被解散，五党联合政府感到脚下的土地不断紧缩，这个政体眼看就要土崩瓦解了。而在罗马，更准确地说是在罗马尼纳，卡萨莫尼卡家人已经融入罗马生活，并开始掌控这个地区。受惠于一项新的市政服务，卡萨莫尼卡家人可以从市政警察那里租借护卫队,由此整座城市向这个家族俯首称臣,贺其荣耀,敬奉权杖。他们租用的护卫不是别人,正是"帽警"——市政警察在罗马俗语中被称作"帽警"——这在历史上是头一遭。报纸头条报道了这6名市政护卫的第一份有偿工作,并称"租用这些护卫,是对卡萨莫尼卡家族的洗礼"。当地报纸详细报道了这一重大事件。

在6名警察的护送下,一长队汽车,以及穿着吉卜赛长裙的女人们和穿戴骑士靴帽的男人们洋洋洒洒地前行。他们有的来自莫雷纳区,有的来自图斯科拉纳区,最终聚集到圣玛丽亚大教堂,那里有一个家庭的新生儿正在接受洗礼。

接受圣礼的是康西利奥·迪古列尔米·卡萨莫尼卡。为了他,长长一列共20辆汽车以非常缓慢的速度前进,领头的是一辆华丽的"带着镀金木质装饰的马车,由三对白马拉着走,马车上一个头戴喇叭帽、手里握鞭的马夫负责驾驶"。① 车里,新生的婴儿被母亲克拉拉·斯皮内利(Clara Spinelli)抱在怀中。这个事件有许多照片保留了下来,以永恒的方式记录下这场由公共护卫队护送的"吉卜赛人"洗

---

① 埃米利奥·拉迪切(Emilio Radice)专栏,《共和报》,1991年9月17日。

礼仪式。这位家族后裔日后将出现在众多场合：或是和他的父亲马尔切洛·迪古列尔米·卡萨莫尼卡（Marcello Di Guglielmi Casamonica）一起乘坐家族的大红色法拉利，或是出现在他的祖父即卡萨莫尼卡家族头目克劳迪奥·卡萨莫尼卡（Claudio Casamonica）的白色凯迪拉克里。出席葬礼的还有罗莫洛·卡萨莫尼卡（Romolo Casamonica），这位前羽量级冠军拳击手在日后将深陷司法调查。在康西利奥的洗礼现场，有国家护卫队市政警察出面维持秩序，缓解拥堵，确保交通顺畅。这是未来的王位继承人独一份的待遇。

"想象一下小康西利奥该有多神气，身穿白衣，打着小领带，坐在一辆鲜红的法拉利车座上。"最后，这场盛大而奢华的庆典在别墅中落幕，散场时依旧由市政警察护送。这座城市护送着卡萨莫尼卡家族，区区60万里拉就达成了这笔交易，简直是耻辱。几乎没花什么钱，卡萨莫尼卡家人就能让"帽警"护送。但自始至终，没人说过一句反对的话，一切都顺利地得到授权和执行。

简而言之，卡萨莫尼卡家族已经举办了好几十场这样的仪式，无论是葬礼还是洗礼，都盛大浮夸到令人咋舌。而这座城市戴上了眼罩，选择无视。

"有500名卡萨莫尼卡家人,谁能阻止他们?"葬礼后接受采访的神父这样说,"他又没被抓起来,谁知道他真的是黑帮头目?"事实上,这位"叔父"在生命的最后阶段,差点就被关进监狱。家族亲属在他死后迫切地呼喊"他不是黑帮老大""他从未被判定为黑手党"。曾有司法人员试图对他展开调查,但被罗马法院叫停并开除。"我是吉卜赛人,我是卖车的。"这是"叔父"的自辩。就此,意大利司法的最高权威、时任国家反黑手党调查局局长的弗朗科·罗贝蒂(Franco Roberti)法官持相反意见:"卡萨莫尼卡家族是犯罪团伙无疑,具备有组织的犯罪表现。他们在罗马已有70年历史,持有罗马公民身份。上一次卡萨莫尼卡家族举办这样俗气又奢侈的仪式,是洛奇·卢恰诺(Lucky Luciano)的葬礼。从那之后很长时间里,再没有举行过如此盛大的仪式了,哪怕在那不勒斯和巴勒莫也没有。"①

早在90年代,司法档案中就开始出现卡萨莫尼卡。例如,人称"黑手党人"、真名叫拉斐尔·普尔波(Raffaele Purpo)的贩毒分子被抓捕,他"与卡萨莫尼卡家族存在

---

① 2015年9月16日调查委员会关于黑手党问题听证会上的声明。

关联"。而早在1992年,时任首席检察官雷纳托·卡瓦列雷(Renato Cavaliere)在警灯闪烁中查获了一批火红色的捷豹和劳斯莱斯。那日,罗马警察总署的总机被打爆,来电缘由不是受害者试图告发,而是前车主来询问这批缴获物里是否有他们被盗的赛车。那是1992年,关于该家族走私毒品、洗黑钱的说法已经开始流传。卡萨莫尼卡家人则用一贯的说辞为自己辩护:"如果是为了果腹而不得不坑蒙拐骗,就不能算作犯罪。那些行贿、受贿、偷窃和指使行凶的人才是真正的罪犯。"为了解释零收入状态和家中停满豪车的合理性,他们抬出了绅士协议:"我们没有举报偷车人,因为我们不会写字。我们之间靠握手就能做成交易,马匹买卖时也是一样。但现在我们既然已经付钱买下了车,你们必须把车还给我们。"[①] 正因如此,他们是"无业游民",而不是"无产贫民",因为他们一直拥有一切。

但正如前文所述,2003—2005年,内政部和罗马检察院开展的两次分别名为"吉卜赛"和"埃斯梅拉达"[②]的侦查

---

① 桑·卢利(S. Lugli),《文盲与富豪的王朝》,刊于《时代报》,1992年12月11日。
② 埃斯梅拉达是法国文学名著《巴黎圣母院》中的女主人公,一名纯洁、美丽、善良的吉卜赛女郎。

行动，彻底动摇了这个家族。①

两个部门同时下达的对该家族成员的财产和人身自由限制措施的命令基于一个假设：卡萨莫尼卡家族就像黑手党一样，进行恐吓、勒索、谋杀和洗钱活动。"卡萨莫尼卡家族符合黑手党类犯罪组织的各项特征，因此有充分理由扣押该组织成员的资产。"②

然而，罗马法院对此案的分析和评判并不赞同上述观点，并做出了相反的裁决："本庭认为，检方就卡萨莫尼卡家族与黑手党类组织进行同化的假设——此处借用反黑手党调查局的说法——确实具有建设性，但本庭并不认同。"仅仅是具有建设性而已。法庭还给出了精确说明："该案中，本庭与检察官提出的论点相左的第一点、几乎是决定性的一点在于并无具体嫌疑人被指控触犯法律第416条第2项，即黑手党组织罪。"在司法程序最后，部分上诉被驳回。凡是与族王相关的案件，结局皆是如此。但事实上，司法程序

---

① 检察院在"吉卜赛"行动中要求对该部族成员采取49项特别监视措施，并扣押或冻结房产、马匹、机动车、银行账户和质押保单。调查人员发现卡萨莫尼卡在几天内将至少300万欧元转移到蒙特卡洛，"埃斯梅拉达"行动开始。2005年，调查的第二部分开始，要求采取新的措施，包括对维托里奥·卡萨莫尼卡的措施。
② 罗马检察院在"吉卜赛"行动中建议对圭多·卡萨莫尼卡采取预防措施，由中心负责人维托里奥·托马索内领导的反黑手党调查局开展。

的确对"叔父"维托里奥采取了一些资产限制措施,那是在2004年。用现任军队总指挥官、时任反黑手党调查局局长维托里奥·托马索内的话来说,事关拉齐奥大区最具影响力的黑帮头目,那年的全国性报纸却对此只字不提,政客与公众舆论也选择集体缄默。而重新翻开案卷不难发现,早在多年前,罗马检察院检察官卢齐娅·洛蒂以及反黑手党调查局就已经试图将其作为族王和帮派首领进行调查,但法庭审阅所有材料进行评估后,仍不为所动,做出上述判决。

维托里奥·卡萨莫尼卡究竟是何人?罗马反黑手党地区管理局(DDA)认为,"叔父"维托里奥"不间断地从事敲诈勒索、高利贷发放、赃物接收、毒品运输和二手机动车回收等活动,且大部分机动车收益通过对第三方的欺诈或违反增值税条例所获取"。2004年,管理局下令对维托里奥实施特殊监视和预防性资产扣押。由此,一名帮派首领的形象跃然纸上:他串联起罗马黑社会千丝万缕的关系网,且具备"像恩里科·尼科莱蒂一样突出的犯罪手段",令人生畏。从检察机关和反黑手党调查局重塑该案所获信息来看,卡萨莫尼卡家族通过犯罪活动敛财,日积月累地创造了巨额财富。根据2004年拍摄的照片,正如其他家族成员一样,维托里奥·卡萨莫尼卡在表面上保持着赤贫状态，无收入申报。这与他所拥有的别墅、公寓和商业价值颇高的土地格格不入，更别提那一列豪华车队、大型赛马场和数不清的银行账户了。检方明确认为这些财产系非法所得，存在"一个真正的犯罪集团，采用的是黑社会组织的典型工具和手段，在首都肆虐了几十年，传播恐惧和不安全感，逍遥法外，积累了巨额财富"。因此检方认为，有充分理由要求扣押该家族的大量货物和财产，其中除了大量挂名的房产外，还有法拉利、奔驰、劳斯莱斯等名贵汽车，以及银行账户和公司。但法院的预防措施部门持不同意见，在驳回对黑手党组织"叔父"的诉讼并对其高利贷罪名做出无罪判决后，于2005年再次驳回反黑手党地区管理局的上诉，理由是"无法对被告目前的危险性事实做出判断，因而无法证明被告目前是否满足该措施的适用性"。[①] 简言之，犯罪行为和犯罪特征在过去确实存在，但无法证明目前状况，因此最后没有对"叔父"施加任何的特殊监视，扣押令也被撤销，财产尽数归还，政府还向他致歉。卡萨莫尼卡"族王"所享受的职业和个人生活着实不赖。在城市和公共

---

① 2005年3月17日罗马法院安全和公共道德预防措施适用科发布此法令，由庭长弗朗切斯科·陶里萨诺（Francesco Taurisano）、法官安娜·克里斯库奥洛（Anna Criscuolo）、焦万纳·斯基帕尼（Giovanna Schipani）签署。

舆论的冷漠中,他建立起辉煌的职业和富足的生活,没有遭遇太多的司法阻力。

没想到,万日帝业一夕破。成长于光荣会的马西米利亚诺·法扎里选择了改邪归正,与警方合作。谈及族王时,他对那些重量级人物进行了比较。根据他的说法,维托里奥与多梅尼科·奥佩迪萨诺(Domenico Oppedisano)可以相提并论(后者是光荣会在该省最高级别的犯罪首领,主持光荣会的最高合议机构)。罗马尼纳之于卡萨莫尼卡,正如波尔西圣母圣殿之于光荣会。"据我所知,维托里奥生前说一不二。"将这两个家族做比较并不准确,因为二者没有可比性。但可以帮助人们理解族王有着怎样的地位:所言皆为律法和真理。那是来自族王的真理、首领的真理、先祖的真理。如今的家族领袖是谁?这个得去问族王的兄弟南多。我在罗马尼纳遇到过他,他的房子建在弗拉斯卡蒂市的土地上。

"我的父亲圭里诺生前是所有吉卜赛人的领袖。我父亲曾有一个警察朋友,他知道我父亲是家族首领。现在这些卡萨莫尼卡家人,当时都还没出现。最初来到罗马的只有四个人,我父亲和他的三个兄弟——安东尼奥、阿纳克莱托(Anacleto)和卢恰诺(Luciano)。如今,我再也不参与了,我就坐在这把椅子上照料我的家庭,骑着国家社会保障所给我的这辆电动摩托车。如今,每个人都只管自家的家务事。"

帕帕涅洛所言不差。没错,每个家庭都有一个主心骨,但只有一个例外。

如果家族首领因为某些特殊原因,如入狱、去世、酗酒或沉溺于其他恶习而无力照料家庭时,就由其他人代劳。

诚然,每个圈子都有一个核心,居于核心的是统领这个汇集了权力和罪行的群岛的领导人。

家族首领

朱塞佩·卡萨莫尼卡,人称"比塔洛"

当宪兵队抵达他在罗马富尔巴门的豪宅时,比塔洛怀揣着深深的忧虑,这前所未有的忧虑让他喘不过气来。宪兵们拆除了他的房子,手持审前拘留令四处走动。这张法令上指控他触犯了罪中之罪:参与黑手党类组织,以及一系列与帮派首领、老大、高级罪犯相称的指控。当这一切发生时,朱塞佩·卡萨莫尼卡忙着向宪兵询问他的劳力士的下落。那块劳力士是他心中唯一的挂念。那是2018年7月。

世界似乎经历了天翻地覆的动荡,突然之间一切坍塌。多年的逍遥法外和偶尔几次狱中小憩之后,居住在富尔巴门小巷子里的家族首领朱塞佩·卡萨莫尼卡被判定为黑手党老大。卡萨莫尼卡家族没有金字塔,不知何为顶峰,也不认为有什么绝对意义上的首领。如果有任何首领的话,理论上该是朱塞佩的父亲圭里诺。但圭里诺所热衷的,是在夜深人静时沉迷于红酒和其他酒精物质之中。一个酒鬼当然守不住家族的权杖。他是一个废人,一具行尸走肉。

相比之下,比塔洛是家族中最有代表性的头目之一,为其他犯罪组织所熟知,人们敬畏、倚重他。多年来,他始终辛勤工作,并与斯帕达家族联手,尤其是拳击手多梅尼科(Domenico)和他的表弟卢恰诺。对调查人员来说,他们是一个黑手党整体,但仍需等待法官来裁定其性质。

早在2009年,一次警方行动就曾以贩毒罪将比塔洛送进监狱。贩毒所得收益被用于投资名贵汽车、别墅和俱乐部。

2009年1月,在消防队员的协助下,带有双层钢铁隔板的装甲门被强行打开,宪兵队成功逮捕比塔洛。他当时正在指挥一场贩毒活动,团伙成员每天会接到400通电话。

一名买家说:"要买毒品,我得先打电话。我总是找恩里科·卡萨莫尼卡(Enrico Casamonica)。他们的手机号码每周都换。如果你是新客，他会给你介绍个中间人，不然别想买到。你得从边门进去，而不是停汽车的正门。我只弄错过一次，结果他们告诉我都卖光了。所有人都得排队买可卡因，排队的什么人都有。如果我只买半克，他们会叫骂'你这个混蛋来这里干什么?!'"这座城市已经成为贩毒中心，"形形色色的人都有"。这个嘈杂的贩毒市场开设在家族的大宅子里，它能提供的毒品远不止可卡因。傍晚时分，在距富尔巴门500米处，我偶遇了另一名重度瘾君子，他与卡萨莫尼卡家族有过交集。"我的生活离不开香烟、可卡因和海洛因。我目前正在努力戒毒，但很艰难。卡萨莫尼卡家族？我见过他们。我的一个非洲毒贩和一个卡萨莫尼卡是狱友，他的海洛因就是从卡萨莫尼卡家人那儿拿的货。"

宪兵队、检察院和预侦法官认定，这座堡垒的指挥官是比塔洛。初审法官判决也持相同意见：比塔洛初审被判刑入狱，综合各项罪行累计服刑。卡萨莫尼卡最终被关进了位于罗马雷比比亚的监狱，借口是离家近，缓解思家之情。但事实上，是为了他能继续从狱中发号施令。一名狱警这样说道："在雷比比亚有一片绿色的大草地，就像歌里唱的那样，这些昔日的帮派老大除了不能再发号施令外，可以随心所欲。"绿草地上可以避免遭监听,信息和命令又能传递出去。就这样,"比塔洛继续协调帮派活动,家族成员会定期去狱中看望他,向他汇报最新的进展"。[①]还有几名狱警是他的人,他们是家族埋在监狱里的线人,因此把毒品弄进来都轻而易举。

但这远远不够。对于比塔洛来说,无论住宿条件多好,都抵不过打开监狱大门。这听上去是天方夜谭,但切切实实地发生了。比塔洛,这个最后入狱的老大,变得像被毒瘾折磨的戒毒者一样精神涣散,身体忍受慢性病的折磨。最后,他被安置到弗罗西诺内的一个疗养社区。到2017年,朱塞佩·卡萨莫尼卡的身份已无人不晓,连路上的石子都知道他的暴力、贩毒、敲诈前科,也知道他被认定为多次重大犯罪事件的幕后主使。但就在那时,检察院的一纸判决把他给放了。

判决书开场谈及其犯罪生涯:"核实其司法记录后可知,其道德沦丧的行径与长期依赖毒品密切相关……此外,自2009年至今无犯罪记录。拘留期间,他明确表达出希望在疗养社区[②]进行康复治疗的意愿。"虽说自2009年以来比

---

① 出自"格拉米纳"行动。
② 位于特里维利亚诺的迪亚洛戈疗养院,带湖景。

塔洛没有犯罪记录不假,但自2009年以来他就被关押在监狱,这才是原因。

这一点确立之后,检察院合法采纳了地方卫生局和戒毒服务中心的意见及相关证明,对比塔洛沦为毒瘾患者的经过进行了说明:"在管理罗马一家夜总会的过程中,他接触了习惯性广泛使用毒品的社会环境。"这段话的意思是,即便朱塞佩·卡萨莫尼卡掌管毒品交易,但最大的问题在于他日常出入的环境。判决书中还提及了他的家庭,即使家族大部分成员已被纳入司法调查,但法院认为"家庭能为他提供有效支持"。有了这纸判决,比塔洛被顺利送去戒毒所,希望戒除他的恶习。

记者弗洛里安娜·布尔丰(Floriana Bulfon)最先揭露了这起骇人听闻的事件,但可惜的是,这篇题为《适合冥想和看得见湖景的房间,卡萨莫尼卡的甜蜜悲伤》[1]的文章最后只登在了报纸内页,鲜少获得关注,哪怕有人读了也只假装没看到,只当他是一个需要医疗救治的吸毒者罢了。

这就意味着光荣会和克莫拉家族的头目也有可能享受

---

[1]《共和国报》,2017年12月8日。

这类待遇，简直不敢想象。这一决定本该引发民众一致哗然，或者在报纸评论区多出几篇声讨文章，或者在议会上得到讨论，或者部长发出一份声明，或者至少有一个反对派进行公开谴责。但什么都没有，只有震耳欲聋的沉寂。这沉寂被那场盛大的葬礼、漫天的花瓣和轰隆的直升机打破，但比塔洛所享受的金色人生依旧无人置疑。

不仅是大众漠不关心，这个家族也自有一套办法不引人注目。在他们的身份被常年低估的同时，存在着一个不容忽视的事实：这些在民众眼里不值一文的无赖、小贼、恶棍、吉卜赛人，实际上掌控着大把的公司、人力、土地和命运。这股新浪潮的引领者正是卡萨莫尼卡家人：明明犯了重罪，却被看作只是一时冲昏头脑；明明是进行高利贷和毒品交易，但和其他旁枝末节的故事线交织掺和在一起，简直能演一部埃尔·蒙内扎（Er Monnezza）的电影。如此种种，导致最后从司法角度进行裁决时，并无实证，也无从判罚。

2018年，当宪兵队伍抵达比塔洛在富尔巴门地区的宫殿时，指控的内容有所不同。这一次，朱塞佩·卡萨莫尼卡被指控涉黑。撰写此文时，他已被关押在41B号监狱。这是关押重罪犯的监狱，居住条件极为简陋。

只有罗马才能出现这等奇观，短短一年，瘾君子就能摇身一变，成为托托·里纳级别的黑手党。

其实长久以来，一切众所周知。千禧年之初，朱塞佩和表兄维托里奥被捕。事发几天前，他们正向一名比萨店老板要钱，这个人的比萨店位于富尔巴门区域的图斯科拉纳街上。几天后，维托里奥被指控在归还一辆被盗的小摩托车时勒索了13万里拉，而朱塞佩被指控向这家比萨店索要了30万里拉的保护费。这里体现了犯罪组织的一大特点：领地控制。领地在卡萨莫尼卡家人眼中意义非凡，值得付出一切代价，征服任何人。对他们而言，打通和企业家的关系总有益处：他们可以对企业家进行敲诈，这是下下策；或者是放高利贷，这个局面尚可；最理想的情况是，能将对方的房屋和土地占为己有。没有一笔钱是小钱，哪怕向卖比萨的人收取保护费，也是不可小觑的收入。

然而不幸的是，他们两人第一次向比萨店老板要钱之后，就被老板举报了。接到投诉之后，宪兵队给卡萨莫尼卡两兄弟设下一个圈套，让比萨店老板先付了保护费。比塔洛收了敲诈所得的钱后起了疑心，把钱还了回去。对调查人员来说，这就是铁证，比塔洛因此被捕。调查人员认为，敲诈事实已经发生，并且有电话往来、受威胁的人证、支票以及收款记录等证据。那些电话往来和会面记录，足以说明卡萨莫尼卡组织的活动，这个黑手党组织的关键成员都在其中。在后来2018年7月的"格拉米纳"行动中，就有该黑手党组织的关键人物被指控。

早在15年前，便已是众人皆知的事实。朱塞佩·卡萨莫尼卡在电话里说："在罗马有卡萨莫尼卡家族，就是这样。"当对话人问起当地安全问题时，比塔洛言之凿凿地向他保证："有我们在，没有人敢来瞎搞。"电话另一端的对话者是一名卧底，比塔洛不知情，继续说道："我们的家族无比团结，我们生来如此。"在他们的掌控下，对领地的绝对性保护带给他们一种安然自若的自信，卡萨莫尼卡家族从不惧怕竞争。

2008年，朱塞佩·卡萨莫尼卡以敲诈勒索罪被判处6年监禁，但没有加上黑手党罪名，因为对当时的法庭而言，这个黑帮家族根本不存在。除此以外，朱塞佩其他罪名的诉讼时效已经逾期，他的一名同犯也是如此。最初，这名同犯得知警方开始调查的消息时，就第一时间翻出通话记录，试图给比塔洛打电话，告知他宪兵就快查到他头上了。事实上，整个调查过程中他回拨了通话记录里的每一个拨入电话，想借此找到朱塞佩。在审判过程中，有几名证人突然结巴说不清话了，这种情况在卡萨莫尼卡的"无业游民"受审时每每发生。卡萨莫尼卡于 2000 年被捕，8 年后做出一审判决。①

卡萨莫尼卡的律师团队提出上诉。6 年后，也就是 2014 年，有了二审判决结果。②最终，这宗案件在朱塞佩被捕 14 年、经历两次审判后尘埃落定。拖延，正是拖延成就了比塔洛的救赎。二审判决认定，比塔洛的敲诈勒索罪名成立，但因诉讼时效已过而被判无效。比塔洛确实犯了罪，但罪名也失效了，这一判决深深伤害了法律的公正性和受害人的情感。朱塞佩·卡萨莫尼卡甚至收回了被冻结的资金。能帮助我们理解这种拖延的唯一理由是，落后、古老的希腊日历彻底消解了司法工具的任何威信。乔万尼·梅利洛（Giovanni Melillo）是一名法官，如今是那不勒斯法院的公诉人。他用数据解释这一趋势："全意大利上诉法院做出的诉讼时效已过的宣判中，仅罗马和那不勒斯

---

① 罗马法院第十刑事庭庭长温琴佐·泰拉诺瓦（Vincenzo Terranova）、法官保拉·德拉莫纳卡（Paola Della Monaca）、法官瓦莱里娅·钱佩利（Valeria Ciampelli）做出此判决。
② 罗马上诉法院第二刑事庭庭长路易吉·卢卡（Luigi Luca）、律师芭芭拉·卡拉里（Barbara Callari）、罗莎娜·希雷·利西凯拉（Rosanna Scirè Risichella）做出此判决。

就占了35%～36%。"当比塔洛的判决书上写下诉讼时效已逾期时,"正义"这个词就从字典中被删除了。比塔洛一生都在敲诈勒索、实施暴力、贩运毒品,但他做过一件正经工作,虽然时间不长,但好歹还是做过。比塔洛曾是一名私人保镖。

一名对夜生活颇有了解的人士介绍说:"在最主要的那几家夜店里,只要他们在场,一切都秩序井然。他们一走,现场就变得鸡飞狗跳。在奥斯蒂亚,他们会先打电话过来,我们再到酒馆和他们碰面。夜店的治安维持得很好。"

朱塞佩·卡萨莫尼卡从来没有什么工作动力,但他还是家财万贯。他把一部分现金塞进了墙里,剩下的大多投资在房地产和挂名的资产中,收入之高不言自明。据我们所知,他唯一做过的工作就是保镖。在他自己经营的夜店,或者是家族所有的店面,安保工作总能保证做得很到位。这是家族进行控制、体现存在感的方式,让这个王朝的权力无处不在。

由于在安保管理上的意见分歧,朱塞佩·卡萨莫尼卡被多梅尼科·帕尼奥齐(Domenico Pagnozzi)和米凯莱·塞内塞(Michele Senese)二人给盯上了,他俩是克莫拉在罗马的头目。人称"大国"的帕尼奥齐原本计划雇用杀手暗杀比塔洛，但他自己先被警方逮捕了，比塔洛倒是安然无恙。

根据"图里帕诺"行动①的档案记录可知："朱塞佩·卡萨莫尼卡，辛提族人，是艾托舞厅的实际持有人，还是全球安保服务公司（Global Protection Service）的持股人之一并具有决策权。该机构向当地夜店提供安保服务。"

除了比塔洛，马西米利亚诺·阿尔法诺（Massimiliano Alfano）——人称"马津加"（Mazinga）——也在全球安保公司任职。直到2007年，马西米利亚诺·阿尔法诺仍是活跃在罗马黑社会的另一位知名人物。他在迪拜的一场犯罪活动中成功上演了金蝉脱壳，一举闻名。据警方线人詹卡洛·奥西尼（Giancarlo Orsini）说，之后他因下令挖掉一名美容师的膝盖骨而被通缉。此外，另一名警方线人马西米利亚诺·法扎里也曾在私人安保领域工作。

比塔洛从未报过税。按照他的话来说，税务协助中心（CAF）和会计师事务所都该彻底倒闭。但比塔洛在2003—2012年有过正当收入，并且全部来自安保公司。2003—

---

① 2015年1月22日，法官蒂齐亚纳·科科洛（Tiziana Coccoluto）签署并发布此法令。

2005年的收入来自全球安保服务2002有限公司；2006—2008年的收入来自全球安保服务2005有限公司；2008—2010年以及后来2011年的收入则来自全球安保服务意大利有限公司。① 这些公司归谁所有？这些公司构成了一个联合体，而股东们反反复复都是同一批人。保罗·维尔吉利（Paolo Virgili）在这三家公司都有股份，在警方留有协助和教唆他人犯罪、违反安保监视条例等案底。安东尼奥·汉哈特（Antonio Hanhart）曾因贩运毒品和斗殴而被定罪，他的名字只出现在前两家公司中。还有马尔科·波齐（Marco Pozzi）②，他有妨碍警方执行公务、挪用公款等记录。前两家公司的合伙人弗朗科·切科尼（Franco Cecconi）没有任何前科。

全球安保服务公司在政治、文化和体育等活动中提供安保服务。公司官网上列出了业主的姓名、电话号码和照片，以及与众多名人的合影，包括演员、歌手、足球运动员、喜剧表演家等。从瓦莱里娅·马里尼（Valeria Marini）到里奇（Ridge），从布里尼亚诺（Brignano）到曼弗雷迪

---

① 罗马警察总部反犯罪警察处。2013年5月2日由助理副治安法官拉斐尔·克莱门特（Raffaele Clemente）签署此说明。
② 同上。

(Manfredi),甚至还有罗马市长鲁泰利(Rutelli)及前总理马泰奥·伦齐(Matteo Renzi)等政要。民众此前毫不知晓这些关系网,但在这些相片中被永久定格。在罗马的夜店里,他们提供的安保服务维持着一场场音乐会和舞会的正常秩序。弗朗科·切科尼是比塔洛任职过的两家安保公司的合伙人之一,在斯帕达家族相关的一个事件中再次成为主角①,而斯帕达与卡萨莫尼卡家族具有姻亲关系。全球安保服务公司提供安保服务的地点并不总在罗马,也可能在奥斯蒂亚。该事件还涉及一家同名的安保公司:全球调查服务公司(Global Investigation Service)。警方调查记录中有一段文字这样写道:"从监听可知,上述公司实际上由斯帕达家族掌控。"②

当了一辈子保镖的弗朗科·切科尼,如今一跃成为意大利双边国家安全和保护调查机构、意大利安全协会的主席,还在全球调查服务公司担任经理。2018 年 8 月,他还与内政部副部长尼古拉·莫尔泰尼(Nicola Molteni)会面,就安保议题进行讨论。当然,会谈主题一定不涉及切科尼

---

① 在 2018 年 1 月执行的"日食"行动中,该组织主要领导人因被指控为黑手党而被捕。
② 2018 年 1 月 22 日,初审法官西莫内塔·达历山德罗(Simonetta D'Alessandro)签发此审前拘留令。

手下的保镖,比如真名为朱塞佩·卡萨莫尼卡的比塔洛,或马津加。切科尼在一次电话中提到了那次会面,并表达了他的感受:"莫尔特尼看起来是个有想法的人,他提议通过贸易协会的协助,在内政部设立周期性圆桌会议,专门讨论安全问题。"

切科尼从未受警方调查且没有犯罪记录。关于他,《日食法令》中有一段文字暗示了全球调查服务公司可能归斯帕达家族所有。"这是无论如何绝不可能的事。光是这个念头,就让我愤怒和厌恶。我是个老派的人,不会允许任何人操控我们的公司。"切科尼甚至没有被调查。但有报告指出:"根据监听到的罗伯托·格朗德(Roberto Grande)所说的话来看,切科尼领导的全球调查服务公司实际由斯帕达家族控制。"2015 年 10 月 16 日,企业家罗伯托·格朗德在车里和一名同事交谈说:"今年夏天来我家做安保的保镖,他的老板是吉卜赛人,也是全球的人。"① 除了切科尼以外,这个公司还有安东尼奥·汉哈特和前国家警察局局长埃利奥·乔帕(Elio Cioppa)。没有一人受到调查或以任何形式受波及。全球公司是一家大公司,即使警察和检察官

---

① 罗马机动队资料,由毛里利奥·格拉索(Maurilio Grasso)签署,并附在斯帕达家族审判记录中。

决定进行监听，也没有对其展开相关的正式立案调查。

关于比塔洛，另有一事值得一说。拥有数十年业内经验的切科尼回顾了那些年的情况，并讲述了雇用比塔洛的过程："没有人对公司施加任何影响或压力。雇用朱塞佩的过程很简单，有人把他介绍给我，说他以前是个拳击手，有家庭和孩子，在执行安保工作方面无可挑剔，在重大比赛中担任过保安。我是从90年代开始雇用他的，那时的招聘，并不强制雇主查看受聘人过去的经历。雇佣关系中的道德操守概念在2009年才引入意大利，在那之前，作为雇主，我们可以忽略受聘人的身份背景。"在罗马，要想忽略一个卡萨莫尼卡和他的身份背景，并非易事。"但同一家族的人并非都是一丘之貉，引荐人朋友也为他做了担保。而且，卡萨莫尼卡家族涉黑这事，也是这几年才出的。雇用马津加的原因？因为他父母很有声望。"

那么比塔洛的官司呢？"他抱怨自己是无辜入狱，我也不打算看法庭文件。"比塔洛总能找到归属之地。两人的命运出现交集，因为比塔洛买下艾托舞厅时正在全球公司工作，而舞厅的安保正是由全球公司负责。"我不知道比塔洛是怎么获得那个舞厅的，豪夺？购买？敲诈？我不知道。但在那之前，我们已经在与前任老板进行合作了。"切科尼会继续聘用比塔洛吗?"不会。"切科尼介绍说,朱塞佩·卡萨莫尼卡是在 20 世纪 90 年代受聘的。2000 年,比塔洛锒铛入狱;2002 年,因敲诈勒索罪受审。"我告诉他不要再错下去了。"卡萨莫尼卡也的确获得了第二次机会。

比塔洛具备该家族的所有特点。他从来没有报过税,是个专业的游手好闲者。干活会弄脏双手、让他劳累,而他比塔洛必须保持双手整洁,才能人模狗样地去见他的女人们。除了妻子,朱塞佩还和不同女子有染。她们与这名"吉卜赛"家族最著名的头目同床共枕,受他保护。其中,塔玛拉·皮斯诺利(Tamara Pisnoli)是意大利国家足球队副队长、罗马足球运动员达尼埃莱·德罗西(Daniele De Rossi)的前妻。罗马对所有人一视同仁,大千世界在此融合,交织于那些狂野、恣意的夜晚,交织于泰斯塔乔区或特拉斯提维列区的夜店桌边,交织于 EUR 区或市中心的任何一个角落。有报道称,塔玛拉曾与朱塞佩·卡萨莫尼卡有一腿,但最重要的是,她的家庭来自远方。

塔玛拉的父亲马西莫·皮斯诺利(Massimo Pisnoli)曾因抢劫被判刑,于 2008 年 8 月 7 日被两枪打死,其中一枪打在嘴里。几天后,他的尸体在阿普里亚郊区的一条土路上被发现。凶手是和皮斯诺利一起组织抢劫的两名同伙。分赃时,二人与皮斯诺利产生分歧,逼迫后者下跪并将其杀害。几周后,国家队副队长在对阵格鲁吉亚的比赛中梅开二度。他将进球献给了岳父,也就是妻子塔玛拉的父亲马西莫·皮斯诺利。①

塔玛拉·皮斯诺利自己也被卷入一个可笑又残暴的事件。她被指控恐吓一名商人并向其索取 20 万欧元,法院判决最终使真相浮出水面。事情发生在 2013 年 7 月,主角是高利贷的受害人安东内洛·伊菲(Antonello Ieffi)。据称,塔玛拉·皮斯诺利恐吓他说:"你知道我杀人有多容易吗?我只要付给一个阿尔巴尼亚人 1 万欧元,他转身就能搞定。"一审中,几个殴打被害人的施暴者被判刑,而在电视新闻报道宣判时插入了这样一组对比画面:遭殴打的受害人躺在地上的血泊中,遍体鳞伤,而金发碧眼的塔玛拉正走进位于托里诺的豪华公寓。看到满地血迹,她没好气地对躺在地上的人说:"快清理干净,你把这里弄得一团糟。"小商贩在这座城市从未有过好日子,他们在社会的边缘讨生活,最终被高筑的债台和残忍的暴力压垮。塔玛拉和她

---

① 此故事出自伊拉里亚·萨凯托尼(Ilaria Sacchettoni)在《晚邮报》上刊登的一篇文章,2016 年 4 月 18 日。

的律师拒绝一切指控，只有司法审判才让真相大白于天下。

当然，朱塞佩·卡萨莫尼卡有魄力，有铁拳，也有坚定与果敢。因此，不少女子为了不惹祸上身而跟从了这名黑帮老大。

朱塞佩·卡萨莫尼卡的另一名情妇朱塞皮娜·迪马尔齐奥（Giuseppina Di Marzio）对此深有体会。朱塞皮娜有一个多年的合伙人——商人达尼埃莱·劳里托（Daniele Laurito）[①]。二人曾共同经营玛丽琳舞厅。达尼埃莱向调查人员表示："我很惧怕他们那帮人，尤其因为我有一个儿子，岁数还小。我不想针对他们发表言论。"但他还是透露了事件内情。2011年，对于心属夜生活的人来说，"对于那些凌晨5点之前都不会打哈欠的人而言"，玛丽琳迎来了财务危机。那一年，舞厅收入锐减，顾客也少了。但即便资金紧张，店还是得每晚都开，这时候就需要流动资金进行周转。找谁借？当然是找永远都有钱、随时都能拿出现金的"吉卜赛人"。商贩、手工匠人、穷人等形形色色的人都向家族借过钱，也都被他们万恶的高利贷给害得跪地求饶。"你指望

---

① 审讯内容出自"格拉米纳"行动。

他们能怎么样?"一名对他们熟知的前帮派成员这样说道,"如果你向他们借钱,那么你就得乖乖地还,不然就准备吃苦头。"多年来,高利贷一直被视为"软性"犯罪,毕竟只要你不主动借钱,就不会遭罪。按照这种逻辑,犯罪责任落在了受害人头上。但真相并非如此,高利贷就是犯罪行为,是腐朽和枯萎的经济体系的标志。

舞厅的经济危机迫使朱塞皮娜向卡萨莫尼卡贷款5万欧元。① 当时,朱塞佩·卡萨莫尼卡还在服刑,但刑期很短。比塔洛的妹妹利利亚娜和情妇卡蒂娅·托利(Katia Tolli)代为负责家族具体事务,狱中的卡萨莫尼卡进行幕后指挥。他在监狱里同意了这笔贷款。

就这样,朱塞皮娜将借来的钱转到了公司账户,为舞厅运营续上了资金。结果立竿见影,黑社会王朝的大小人物开始频繁出入他们的舞厅,把那儿当成了自己的地盘。在不受待见的顾客名单里,来得最勤的有朱塞佩的儿子圭里诺,别名基科(Chicco),他也在夜店干过一段时间,还有大名叫奥塔维奥·斯帕达(Ottavio Spada)的奇奇洛(Ciccillo)。他们在店里有专门预留的桌子,一瓶瓶好酒流

---

① 该事件按照"格拉米纳"行动的信息重构。

水般上桌，鸡尾酒一杯接着一杯，毫无节制。卡萨莫尼卡家人一挥手点单，服务员得随叫随到，而到了付钱的时候，他们起身便走了。"吉卜赛人"已成为事实上的合作伙伴。劳里托感到无比绝望："自从收了卡萨莫尼卡的借款，玛丽莲舞厅仿佛不再属于我了。我们已经把它租出去3年了，如今它叫奥姆俱乐部。"①

劳里托的故事体现了在罗马做生意有多难。罪恶的行径在这里肆虐，诱惑的圈套将人一步步引入贫穷的境地，但这座城市从没对这些罪行清算过总账。除了高筑的债务外，朱塞皮娜和达尼埃莱还面临另一个困境。

早在2009年，朱塞皮娜和达尼埃莱刚接手玛丽琳不久，店里来了另一位有着光荣历史的人物：马西米利亚诺·阿尔法诺，人称马津加，他与塞内塞家族往来密切。他向二人索取1.5万欧元。为了尽快摆脱开店后的第一场噩梦，朱塞皮娜给比塔洛的兄弟马西米利亚诺·卡萨莫尼卡打电话求救。很快，马津加和4个同行的那不勒斯超级英雄离开了舞厅，再也没出现过。在那之后不久，就出现了舞厅的财务危机和高利贷事件。

---

① 2016年5月23日，达尼埃莱·劳里托向检察官全盘托出。

卡萨莫尼卡家族借出 5 万欧元，最后总共收回 10 万欧元。这类借贷被称为"固定资金贷款"：在贷款人一次性偿还全部所贷款项（本案中总额为 5 万欧元）之前，贷款人将继续无限期支付，而不计多年来已支付的利息。由此，这群"无业游民"扼住了几十名受害者的咽喉，把大量不义之财塞进口袋。放高利贷演变为一个集体事业，因为贷款人的债主不是一个人，而是整个卡萨莫尼卡集团，永远无法逃脱它的掌控。万一被捕，受害人一定会供出卡萨莫尼卡这个姓氏，但由于"无业游民"人数庞大，家族里每次选一张不同的面孔顶罪便是了。在这种情况下，尽管贷款人一开始就深知将终身沦为帮派奴隶，但还是会不知不觉地滑入圈套。因为最初这个圈套制造出提供氧气的假象，等受害人上钩之后再将氧气一点点抽空，令其窒息。其结果是显而易见的。劳里托叙述道："自从他们放出 5 万欧元的贷款给我后，多年来俨然像我的主人一样，我不知道如何摆脱他们。"当劳里托最初请求贷款现金时，卡萨莫尼卡家族要求他把另一家叫作尚歌的夜店的部分股权交出，作为抵押。这一协议后来被打破，但在那些年，正是通过这个机制，卡萨莫尼卡家族成为几十家店面的隐形股东。由于明面股东并非嫌疑人，因此卡萨莫尼卡不用担心被查到。

玛丽琳舞厅的情况就是这样,卡萨莫尼卡家族通过朱塞皮娜成为舞厅的隐形股东,并依靠朱塞佩的儿子圭里诺进行运营。德博拉·切雷奥尼是比塔洛的兄弟马西米利亚诺的女友,她讲述了故事的来龙去脉:"卡萨莫尼卡是位于利贝塔街上一家夜店的事实上的合伙人,这家店就是玛丽琳。店主是一个叫皮娜(Pina)的女人,曾是朱塞佩·卡萨莫尼卡的情妇。卡萨莫尼卡家族兜着巨额现金,藏在各处。"[①]

朱塞皮娜·迪马尔齐奥为自己的这种关系感到自豪。在收到比塔洛——帮派头目兼拉丁情圣——从狱中寄给她的信后,她在一条短信中这样写道:"他仍然爱着我,他没有生我的气。"打开信后,朱塞皮娜给合伙人劳里托打电话。叙述这场对话的目的,不在于体现情侣间的卿卿我我,而是为了说明这段恋情如何演变为人身安全的保护纽带。朱塞皮娜复述信里的内容:"我爱你,我永远不会忘记你对我和我家人以及所有人的好。"劳里托回答说:"我的天啊……我们能不能把这封信复印 10 份,拿给一些人看看?"朱塞皮娜读下去:"我尊重你,希望你对我也如此……等我出去以后,我反正是要和你在一起的。"

---

① 2015 年 7 月 18 日,对证人德博拉·切雷奥尼的审讯。

朱塞皮娜和达尼埃莱都想利用与黑帮头目的关系来遏制帮派其他成员提出的种种要求。朱塞皮娜在"格拉米纳"大型行动中被捕入狱,被认为是该帮派的门面人物。① 在这个充满了受害者、刽子手、幸运符、金钱和恐惧的故事中,还有一点匪夷所思:朱塞皮娜被检方和法庭共同视作卡萨莫尼卡家族的从犯,在入狱前她还经营着另一家夜店,之后被同一个检察院查封。在复杂而肮脏的罗马司法体系中,一切都被混为一谈,混乱不堪。

2009年,罗马法院和司法监护处向达尼埃莱和朱塞皮娜发放许可证,允许他们经营一个被查封的夜店,也就是位于特斯塔乔区格尔瓦尼街的艾托舞厅。② 这个舞厅是在2009年1月的一次宪兵行动中被查封的。舞厅老板是谁?正是朱塞佩·卡萨莫尼卡。该舞厅事实上是比塔洛的财产,是他在对前店主的债务进行清算时收入囊中的资产,象征着家族的一场典型胜利。后来宪兵将其查封,再后来,卡萨莫尼卡未来的情妇申请并接管了它。这件事从头到尾简直是个笑话,但这个笑话也发生在神奇的罗马。当朱塞皮

---

① 朱塞皮娜还曾发生过一次司法丑闻。2014年,因私藏战争弹药而接受调查,共计查出537枚苏联制造的7.62毫米口径子弹。
② 艾托夜店如今不再营业,其原因仅为官僚主义问题。

娜请求卡萨莫尼卡家族帮助追捕马津加时,她被授权经营从卡萨莫尼卡家族没收的夜店。这个国家真是格外美好。这个充满悖论的故事恰能反映家族的一些侧面。

我给达尼埃莱打电话采访。他不太愿意谈论所发生的事情,但还是证实了一切:"我们曾与法定监收部门的达维德·弗朗科签署了一份经营管理协议,但遭警方扣押。玛丽琳事件、朱塞皮娜和比塔洛的情人关系,都是在那之后发生的。事实上,所有这些都可以追溯到同一年,即2009年。后来,这家店只开了几个星期就因许可证问题被关了。"法院和监收部门对二人的情人关系并不知情,但这段关系能体现卡萨莫尼卡家族的层层网络。

那么有关卡萨莫尼卡家人、债务、恐惧,以及对受害人造成的伤害,又是怎样的呢?"我受够了,不想再多谈了。这座城市里总是会发生这类事,对此我们已经习惯了。"他们习以为常的事实是:自家的店面随时会被人抢走,鸠占鹊巢,为所欲为。达尼埃莱向调查人员解释:"我惧怕卡萨莫尼卡人,尤其因为我有一个年幼的儿子。因此我不想针对他们发表任何言论。"

达尼埃莱作为无辜的受害者,我问他:"这里的人好像还活在80年代教父科里昂(Corleone)或者30年前的卡萨尔·迪普林奇佩（Casal di Principe）的统治之下，这正常吗？"他回答道："我不知道该怎么说，完全不知道。"卡萨莫尼卡对夜店的热情是众所周知的。朱塞佩·卡萨莫尼卡本人是莱奥纳尔多·卡林奇（Leonardo Carinci）的 Momus Sas 餐厅的合作人，卡林奇专门从事餐饮业。卡萨莫尼卡在脸书上公开展示了和好几个人的朋友关系，其中包括罗伯托·皮斯托内（Roberto Pistone）。2018 年 2 月 18 日皮斯托内在脸书上写道："我帅气的朋友。"比塔洛回复："伟大的罗比。"脸书的照片上，皮斯托内头裹一条头巾，手里拿着一个桌子的预定号，在罗马的海边筹办了几场晚宴。他在奥斯蒂亚拥有几家夜店和公司，比如在海岸边筹办了舞会之夜的桑德有限公司。在打击法夏尼家族的几场行动中，出现了皮斯托内的名字："2007 年 10 月 31 日，皮斯托内和尼古拉·迪毛罗（Nicola Di Mauro）在一辆宝马车上被查，二人一直保持联系，迪毛罗是法夏尼家族的亲信。"[①] 另外，码头有限公司的一家舞厅的经营权被转移到了桑德有限公司名下。调查人员称，码头有限公司的所有权归属于法夏尼家族。在这件事中，皮斯托内仅以朋友身份被提及，没

---

① 罗马法院法官西蒙奈塔·达历桑德罗于 2014 年 2 月 26 日签发审前拘留令。

有成为调查对象。

卡萨莫尼卡十分热衷于俱乐部,经常通过挂别人名进行经营。他们以这种方式控制了位于罗马市中心的傲慢鱼音乐酒吧。据调查人员称,该酒吧真正的幕后老板是马西米利亚诺·卡萨莫尼卡,人称"大黑"(er negro)。[①] 在他之前,幕后老板是人称"洛基"(Rocky)的帕斯夸莱·卡萨莫尼卡(Pasquale Casamonica)。帕斯夸莱被捕后,家族注册了一家新的皮包公司——路易萨有限公司作为幌子,挂名老板是亚历山德罗·博尼劳里(Alessandro Bonilauri),给实际掌权的卡萨莫尼卡家族打掩护。博尼劳里后来被捕。汽车展厅、俱乐部、酒吧、比萨店、迪斯科舞厅和餐馆的经营模式,一概如此。卡萨莫尼卡家族将资产交由挂名人或高利贷欠债人经营,他们成为家族的棋子。法庭证人德博拉·切雷奥尼证实:"在经历过资产被扣押之后,卡萨莫尼卡家人意识到自己不能在明面上是任何资产的持有人。为防止进一步的镇压措施,他们经常选择将资产挂在他人名下。"[②]

在罗马,卡萨莫尼卡家人去餐馆吃饭,酒足饭饱之后便

---

① 出自"格拉米纳"行动。
② 出自 2015 年 8 月 5 日提供的摘要信息记录。

起身离开，餐馆老板不敢多言。有一名在首都拥有两家高级酒吧的店主说："唯一的防御措施就是认识其他黑帮，以毒攻毒。有一回，圭里诺·卡萨莫尼卡带着四五名成员进门，我就没让他坐下来。他问为什么，我说我是某某某的朋友，他听完转身就走了。我那个朋友是卡萨莫尼卡家族熟识的一个黑帮老大。靠国家？想都别想了。"一次，一个卖玫瑰的孟加拉小伙走进一家夜店。店里一张桌子边坐着一个卡萨莫尼卡，还有他的女友和一个朋友。卡萨莫尼卡去了洗手间，卖花人很有礼貌地走到桌边，壮起胆子将一朵玫瑰献给了这名女子，并献上了一句赞美之词。卡萨莫尼卡从厕所出来回到餐桌前，他的朋友对他说："嘿，这个孟加拉小子对你的女人耍流氓了。"据当时在场的人回忆，卡萨莫尼卡一听这话，就起身向年轻小贩脸上狠狠揍了一拳，把他扔到了一张桌子上。后来，浑身是血的年轻小贩离开了，留下散落一地的玫瑰，在场其他人纷纷看向别处。在罗马，有三只上蹿下跳的猴子作为反衬，足以让周围陷入死寂。

在一长串共犯和同谋名单中，有几名女子始终忠心不二，卡蒂娅·托利是其中之一。她和情夫朱塞佩·卡萨莫尼卡一起被捕。事实上，卡蒂娅不仅是这位黑帮老大的情妇，也是他的参谋。可以这么说，她和朱塞佩的关系是受到家族认可的,其稳固程度远超过普通的婚外情。如果说比塔洛的感情生活足以影响家族内部平衡的话,卡蒂娅有能力摆平这些问题。例如,朱塞佩·卡萨莫尼卡有段时间迷上了一个叫萨比娜(Sabina)的女学生,以至于他在探监时间只见新欢不见家人。利利亚娜·卡萨莫尼卡(也就是比塔洛的妹妹斯特凡尼娅)和卡蒂娅·托利也没闲着,一起去了这个漂亮女学生的家,狠狠地教训了她,把房子也砸了。① 证人德博拉·切雷奥尼讲述了她从斯特凡尼娅那里听到的内容:"她对萨比娜说的一句话让我难以忘怀,她说'我要拿这个(刀子)砍死你,拿这个(锤子)砸死你'。这还不够,她们还要知道萨比娜的老家在哪儿。她们还把萨比娜的书全烧了。黄金和豪车固然值钱,但抵不过书本,这些必须全烧了。"

我是托尼,"大人物"托尼

他的衬衫敞开着,只扣了两个纽扣,露出毛茸茸的胸口,像挂在金项链上的宝石一样绚丽闪亮,一条毛巾覆盖

---

① 该事件按照"格拉米纳"行动的信息重构。

在腿上,像吉卜赛人的长裙。

他的右臂上有一个文身,写着"Maria"(玛丽亚)。YouTube①上充斥着玛丽亚的照片,配上胡里奥·伊格莱西亚斯(Julio Iglesias)②的歌声:"拥抱我,没有什么可解释的,只要你拥抱我。若一个小时能带给我们幸福,那便无比珍贵,拥抱我。你热爱美好的存在,拥抱我。"

这就是康西利奥·卡萨莫尼卡,被称为华丽的、杰出的"大人物"托尼。总之,任何金灿灿的词汇都可以用来形容他,一如他无名指上浮夸的戒指。同样华丽和杰出的还有他的住宅,我正是在那儿和他相遇。他对这栋房子的使用权部分是非法的,后来被免除债务。宅子里有一座一望无际的花园,里面有咯咯叫的母鸡、高耸的雕像和柱顶,以及精美雕刻的挂毯,一切都颂扬着他作为"叔父"维托里奥的侄子所具有的魔力。他虽是南多的私生子,但也是家族的关键人物。这个家族里有错综复杂的人名,有通过民事伴侣结合形成的夫妻关系,有不被家族承认的后代,有换妻的产物(新娘可能是贡礼或被绑架来的)。了解他们的文化有助于理解他们几十年来的统治。康西利奥没有法定

---

① 视频网站。——译者注
② 西班牙情歌男歌手。——译者注

妻子，他现在与一个外国女人一起生活，在司法"悲剧"中相互扶持、共享时光。伴着胡利奥的歌声，他们微笑、拥抱。只要有伊格莱西亚斯的音乐，托尼就充满了勃勃生机：他会穿上牛仔靴，戴上牛仔帽，铭记着马背上的激情，那是家族的珍贵记忆；他也会穿上蟒蛇皮夹克，戴上围巾和白色十字架；他还穿着粉色西装、白衬衫和皮鞋打电话，身后是一面镀金的镜子、一个玻璃柜和一大瓶香槟；他还会穿着雪白西装，行走在装有控制台和金色吊灯的走廊。我见到托尼时，是在他位于多梅尼科·巴卡里尼街的南多家里。住所位于当时归属弗拉斯卡蒂市政府的民用土地上，在这里，维托里奥的兄弟"马仔"（il cavallaro）建造了一座王宫。

几天前，因家族成员殴打一名残疾妇女和酒保，这个家族再次成为大众焦点。[1] 这是对文明、法律和社会性共存的第无数次宣战，第无数次通过这类日常行为进行示威，以不经意的、理所当然的态度彰显他们的不败统治。不败，至少当时如此。当我抵达南多家时，他们让我在门厅等候，不能立即进去。门口两头雄狮雕像代替了门板，这就是卡

---

[1] 事件发生于2018年4月1日，由监控摄像头记录。

萨莫尼卡的欢迎方式。往里走是弥涅耳瓦的雕像,她是罗马神话中的智慧女神,出现在这里似乎有些讽刺。

当我到达时,康西利奥·卡萨莫尼卡试探我的口气,并故意颠倒我们的角色。"大人物"托尼命令道:"你来当卡萨莫尼卡,我来当记者。"他已经习惯了和商人、修理工、流氓地痞打交道,习惯了从警方逮捕、大规模突击检查和一次次所谓的终极行动中逃之夭夭。他比那些在帕里奥利和泰斯塔乔地区出生的人更像个纯正的罗马人,已经深深融入这座城市,就像拳头伸入手套。人们无论想买便宜货、赚些快钱,还是想坐头等舱,只要想拥有,都能从他那里获得。他的手段则是安抚、粉饰、欺骗和打哈哈。他对我也是如此,用他的话来说就是,反正在你眼里所有吉卜赛人都是一个样,你想听什么?一个能搬到大屏幕上的黑手党故事?一个能拍成电影的、轰动的卡萨莫尼卡家族?他表现出配合的样子,但完全换了一个视角,他才是那个手握话筒的人。

那天,我刚跨过别墅大门的门槛,"大人物"就告诉我他来提问。整个过程中,他自问自答又自答自问,同时不忘打量我。他以诈骗为生,对于如何运用语言腐蚀他人了如指掌。我与"大人物"之间的离奇际遇由此展开。大家之所以称他为"大人物",是因为他有满柜子的衣服,热衷于华丽、浮夸的穿戴。

"你好好看看这张脸,人们都说卡萨莫尼卡家人天生长着罪犯脸。"他边说边和我握手。作为开场白,这还不算太糟。

康西利奥·卡萨莫尼卡的提问都非常精准,在充满辩证的逻辑中抛出一个又一个问题,显示出无所不知的智慧。他无须纸笔,无须修辞,就清楚、有条理地把问题罗列好了。他活灵活现地模仿出了一个千篇一律的记者模样,而我就这么听着。以下是"大人物"记者向我提出的问题:

"您对贵黑手党家族卡萨莫尼卡的遭遇,有何看法?""您认为贵家族是黑手党吗?""您和家人讨论过这个话题吗?""您作为老一辈,对家族的年轻人有话语权吗?""您认为自己是帮派成员之一吗?""报纸上经常以谈论黑手党的口吻谈论卡萨莫尼卡家族,您认为是何种原因导致贵家族被如此归类?"每当说出"黑手党"这个词时,卡萨莫尼卡都会采用强调、夸张和指责的语气。而我就按照他会有的样子进行回答:"刑事责任是个人的,只有那些被判刑的人才确定是黑手党,我只是指挥我的家人。"采访很快就结束了,非常快。就在结束时,康西利奥的一句话触动了我:"好家伙,所以我们西西里人都是黑手党?那你们那不勒斯人都是克莫拉吗?"他说得没错。一概而论的确毫无意义。刑事责任固然落在个人头上,但把他家族史诗般的故事写下来也是我义不容辞、必须要做的事。

根据康西利奥的说法,鞭打、拳脚交加、拿头撞墙这类事,都需要放在价值观普遍空虚的话语背景下进行分析。他这个"大人物",说这话时扮演起社会学家的角色。"他们四个就是一群吸毒成瘾的毛头小子。当今社会,价值观在哪里,如今还有价值观吗?什么都没有了。世道已经彻底变了,不只在这儿,全世界都是如此。"最后,他以一贯不失庄重的态度结束对话:"我该怎么让一个女人明白这个道理?你告诉我,我对这些人该持有什么态度?"康西利奥停下步伐,之后又开始走动,挥舞着挂在脖子上的金项链,上面镶嵌着绿宝石。他盯着我,简直像要揭开一个未解之谜。之后他开始回忆在官司上遭遇的磕磕绊绊:"我得和你聊聊我的人生。我非圣贤,但有一点毋庸置疑:我与那些帮派故事、枪支和黑手党,没有丝毫关联。我已经退隐多年,不愿再和它们有任何牵扯,因为一切已和我无关了。"

在对他的司法诉讼过程中,调查人员一直强调,康西利奥无法证明自己"所从事的经济活动具有合法性且收入与资产相符"。但这位"大人物"却有不同的说辞:"你来这里问我房子的事?你知道我流了多少血吗?我成天在马群中间,臭得像得了霍乱一样,我牺牲了太多。你试试看管100匹马,看你能不能做到。我们做马市、赶集,夜以继日地拼命工作。长久下来,人消耗得精疲力竭却赚不到钱。马每天都得喂,我的孩子也得吃饭。你知道他们变成什么样了吗?一个个看起来像小鸟一样。我没辙了,就做了一些骗局,小骗局而已,这就算黑手党吗?如果你有几十亿,你都算不清自己到底有多少钱。如果你有1000只羊,我就从你那里拐走1只,这算什么?这是黑手党吗?你说,这是黑手党吗?"

他永远忘不掉那些骗局,以及那些他称为"帮凶"的人,他在没有确凿证据的情况下自己发起了指责。"当我进行诈骗时,警察会和我一起去,我甚至有一个徽章。因为晚上会有人把我拦下,要求出示证件。""去你们的,你们当时都在场,和我一起搞①。""如果我报出完整的帮凶名单,你知道会炸出多少人吗?半个警察局都得被关起

---

① 指骗局。

来。我的良心是干净的，我从没杀过人，也没有强奸过任何人。"

康西利奥只记得那些小骗局，并且理直气壮地说那是为了填饱孩子饥肠辘辘的肚子。第一次失足是在1975年，他因盗窃获罪。他号称，就像大脑里有一个啾啾的鸣叫声在压迫心脏，逼人做出错误选择，在后来出售两辆大篷车的买卖中也是如此。他向卖家介绍家族的历史和地位时恐吓道："我们家族无比强大，亲戚遍布意大利，我们可以把你杀了喂猪，让你连一只耳朵都找不到。"① 没错，喂猪就不会留下任何痕迹。为此，他还收到了一份特别监视令，因具有社会危险性而被强制居家监禁。2002年，他受到了真正的惊吓。一个陌生人潜入他的房子后开始扫射，幸运的是康西利奥和他的女友逃过一劫，免于受难。康西利奥是这样一个麻烦制造者和组织者，但如今他号称已经退休，彻底退休了。

如今，在这个行当的人就该夹起尾巴悄悄做人，但康西利奥并不是，他依旧睁大了眼睛，假装没有人会把他和在酒吧闹事的卡萨莫尼卡黑帮相提并论。"大人物"最痛恨

---

① 罗马检察院关于适用特别监视预防措施的建议，2003年6月13日由卢齐娅·洛蒂签署。

被贴上"吸毒一代"的标签。"他们是怎么说那不勒斯人的？他们偷东西。你知道谁发现了美洲吗？是谁？"我天真地回答："哥伦布。"康西利奥摇摇头，停顿了两秒钟后灵光一现地说："你知道杰罗尼莫（Geronimo）从哪里来的吗？"他还提到了叛逆而坚韧的印第安人首领。他说得没错，每个人都是独特的个体，出生在卡萨莫尼卡家族不该成为某个人的原罪。康西利奥·卡萨莫尼卡，出生于1957年，脖子上还挂着一条镶嵌翡翠的金项链。他越过了正义的交叉口，分身于旧世界的意大利和新伙伴的南美长岛之间。他将斗殴的暴力分子称为"那四个毛头小子"。毛头小子，仅此而已。此外，他还为家族的清白做了担保。

"所有的吉卜赛人都一样吗？如果我是妓女，这意味着我们所有人都是妓女吗？你可以到我们镇上去打听我们家族，听听我们到底做了什么坏事。从前，我们常在家里跳舞……"他回忆起美好的旧时光。许多犯罪故事总会牵强地渲染一个所谓的黄金时代。事实上，黄金时代从未存在过。

真正存在的是长期的暴力和滥权。时间跳跃到2013年9月，这座城市被夏季度假归来的人潮再度填满，有关宜居大都市的幻想也再度破灭。每年8月，随着度假季的到来，空城的罗马总会焕发光彩，直到9月市民们集体归来，光彩便消失了。陈年旧日的老问题被重新摆上台面，将首都压得无法喘息。那一年，似乎与往年无异。故事发生在9月20日的罗马尼纳区，这个毫无规则可言的地区距离威尼斯广场、罗马检察院、最高司法行政官委员会、意大利银行、议会大楼和这个国家所有最高权力机构仅10千米之遥。故事就在那里上演。

故事的主人公叫卢卡（Luca），是个骑着摩托车的22岁男孩。在罗马，为了躲开交通拥堵，每家车库里至少会有一辆两轮车。卢卡飞驰在回家的巴卡里尼街上。他看到路中间聚集着一群人，于是放慢了速度。这时，人群中一个皮肤黝黑、胡子拉碴的年轻人向他走过来，朝卢卡的头盔上重重地打了一拳并开始大声辱骂。这帮人指控卢卡枪击了一名家族成员，即康西利奥的儿子。卢卡摘下头盔，自我介绍说："我是住在这个街区，但与此事无关。"但这群人还是把他围了起来。男孩拼命撇清干系，并说他"是武装部队的成员"。此话一出，就彻底完蛋了。一个卡萨莫尼卡成员走过来，用头撞向卢卡的嘴巴，并开始对他拳打脚踢，毫无停下来的迹象。卢卡就像一条落网之鱼，惨遭毒打。这是一次伏击，一场以一敌百的对抗，殴打持续了整整20分钟。其间,卢卡设法拨打113[①]求救,一个"毛头小子"走过来令命他把电话给挂了,另一个则开始用棍子猛击他的手腕。当宪兵队赶到时,卢卡的上衣沾满血迹,头部有创伤;他认出了恩里科·卡萨莫尼卡,还有恩里科的兄弟康西利奥·卡萨莫尼卡,正是那个口口声声"只有毛头小子才打架"的康西利奥。二人当场被捕。审判最初,卢卡就接受了1.8万欧元赔偿金并撤诉,但检察院依旧按照职权开展程序,因为预审期有40天,其间法官无权干预。正如后来另一起震怒全意大利的事件一样,家族另一名成员罗伯托·斯帕达(Roberto Spada)将记者达尼埃莱·皮耶尔温琴齐(Daniele Piervincenzi)和摄像师爱德华多·安塞尔米(Edoardo Anselmi)先后暴打了一顿。

然而,卢卡案没有任何图像记载,甚至都没上过新闻。恩里科和康西利奥一审被判有期徒刑一年半,且因及时赔偿受害者而获得缓刑。恰恰自那时起,康西利奥才从一个"毛头小子"脱蛹而出,成长为成熟稳重、受人尊敬的家族成员。法官在一审判决中写道:"虽无证据证明他在本殴打案中存在实质性参与,但他出现在犯罪现场,无

---

① 113为意大利报警电话。意大利火警电话为115,急救电话为118。

疑加强了其他人的犯罪意图。"[1] 康西利奥这名"老成员"非但没有采取任何行动进行阻止,还为斗殴者提供了安全感。康西利奥辩解道:"我不在现场。"他说事发时他正陪儿子去医院,离事发地很远。之后,为了避免家族其他成员受伤,他才赶去现场,这才被正好抵达的宪兵队看到。恩里科则称,他才是遭头槌的受害者。涉案人员各执一词,直到家族给卢卡支付了1.8万欧元的赔偿金,才出现了之后的撤诉,该案件告一段落。一审判决书写道"被告犯有多项罪名",以及"犯罪动机疑为纯粹的武力示威,从而重新确立对该区域的近乎主导性的控制权……被告有严重的暴力倾向"。

卡萨莫尼卡家族是罗马尼纳街区的主人,这一事件正如众多类似事件一样,再次体现了他们对规则、法律和文明的无视。二审中,康西利奥胜诉,被判无罪,而恩里科的罪名成立。判决书中陈述了康西利奥无罪释放的原因:法官认为,受害人证词不足以定罪。证据不足,"大人物"被判无罪。受害人指认康西利奥是那个一把拽住他、命令他挂断电话的人,但康西利奥来得迟,在恩里科用头撞他,

---

[1] 出自2013年10月23日法官法比奥·莫斯塔尔达(Fabio Mostarda)签发的初审定罪判决书。

并与其他人一起殴打他长达20分钟以后,康西利奥才出现。由于没有证据能证明"大人物"参与了殴打,他被宣告无罪。

精彩的是,2016年,检察院上诉要求对康西利奥采取特殊监控的预防措施,法院驳回该请求但将其土地和资产进行查缴。[①] 在卷宗中,法庭对康西利奥的犯罪历史进行了记载:"上述人员自1975年以盗窃罪共同犯罪开启了犯罪生涯,这是他首次获得明确判决。从那时起,他便持续开展非法活动。"

2018年4月,在罗克西酒吧也发生了此类事件。此案中,家族也同样试图通过支付赔偿金进行和解,但遭到受害者拒绝,从而引发了新一轮暴力事件,酒吧女服务员对一名残疾妇女进行恶意攻击和毒打。"我是由母亲生下来的,我尊重女性。我也是个有家室的人,有女性家庭成员。""大人物"重复强调自己内心的道德感。然而在2018年8月,他又遭遇了一次庭审。每隔一段时间,卡萨莫尼卡家族少不得有几次内斗。这一次,"大人物"在女儿洛

---

① 罗马法院预防措施法庭的判决,由庭长古列尔莫·蒙托尼、法官玛丽亚·安东涅塔·奇里亚科(Maria Antonietta Ciriaco)和卢卡·德拉卡萨(Luca Della Casa)于2017年2月17日提交。

蕾塔（Loreta）的陪同下，来到他堂妹劳拉·卡萨莫尼卡（Laura Casamonica）家，辱骂后者："你这个混蛋、臭婆娘，你要是还想见这辆车，就付给我1.2万欧元。"劳拉被逼下车，车内还有三个年幼的孩子遭康西利奥"挟持"。事件的起因是，劳拉的父亲卢恰诺向康西利奥借了笔钱没还，康西利奥便来讨债。简言之，就是一摊子家事一来二去闹到了法庭。地方法官决定，以康西利奥放高利贷和敲诈勒索等罪名开庭审理，而到审判时，卡萨莫尼卡双方却表示，已经按照当事人意愿庭外和解了。他们声称，实在受不了外族非吉卜赛人，什么事都要装腔作势地闹到法庭审判厅内；而他们吉卜赛家族有内部守则，可以摆平一切争端。"一切都解决了"，他们如是说。作为一家之主的卢恰诺在法庭上解释道："按照家族规则，当两个孩子打架时，把他俩隔开就行了。我们就是如此，我们有我们的文化，你们也有你们的文化……"[1] 我们探讨的正是卡萨莫尼卡的文化和生活方式，以及他们的身份。卢恰诺·卡萨莫尼卡这番话，体现的是一个基于种族的规则框架。该框架阐释了他们的行为和归属模式，由该族群的成员共同遵守，以调解

---

[1] 基于法官保拉·罗哈于2016年6月14日做出的一审判决，判处康西利奥·卡萨莫尼卡4年8个月监禁，判处洛蕾塔3年2个月监禁。

家族内部争端和分歧。对他们来说，法庭和法律都属于外部机制。这就解释了"一种家族式仲裁机构"[1]的存在意义。这种机制为处理和裁定家族内部小型纠纷确立了友善的解决途径。当然，少量的流血事件或许难以避免。[2]

王之子与佩雷（Pelé）

"家族之王"维托里奥·卡萨莫尼卡住在罗卡贝纳达街10号。今日，此处居住着他的儿子安东尼奥，是族王三名子女中唯一一名男性。他父亲死时，安东尼奥尚因敲诈勒索而处在软禁期，法官特许他参加父亲的葬礼。上诉法院第一庭庭长乔治·马里亚·罗西（Giorgio Maria Rossi）签署的特许令上赫然写着"万分紧急"的字样，安东尼奥也被转到位于钱皮诺的宪兵总部。带着这份文件，维托里奥之子、软禁中的安东尼奥·卡萨莫尼卡得以出席父亲的葬礼。他的律师马里奥·吉拉尔迪于8月19日向法院提交该申请。如记录文件所述，申请被批准后，地方法官允许"被告

---

[1] 由卡萨莫尼卡家族的两个堂兄弟和两个年长的叔父构成，其中包括已故的维托里奥。
[2] 见第103页注释①。

在当天上午 10 点至下午 2 点离开住所"。葬礼一结束，安东尼奥就必须回到家中继续接受软禁。族王葬礼一年后，当安东尼奥的母亲与一名受害者进行电话交谈时，仍处于居家软禁中的安东尼奥一把抢走电话，并开始大声辱骂电话另一端的受害者商人，谩骂和恐吓的声音久久回荡在小巷中。因为此事，安东尼奥再度被警方调查。警方称，涉案嫌疑人放出利息高达 76000% 的高利贷，深深毒害了首都和附近沿海地区的商贩。据称，安东尼奥在居家监禁时仍为所欲为，持续恐吓受害人，获取非法收益，监狱大门为他敞开。但今日，没有官司困扰的安东尼奥·卡萨莫尼卡正居住在他父亲的宅子里，自在逍遥。

证人德博拉·切雷奥尼是马西米利亚诺·卡萨莫尼卡多年的情妇。据她说，家族的王位继承人正是维托里奥之子安东尼奥。"不知出于什么原因，维托里奥从朱塞佩那里得到了一笔钱……我的感觉是，位于特斯塔奇奥区的拉丁咖啡馆的实际幕后老板就是维托里奥……他生前并非家族的最高头目，因为家族的结构规则规定了不存在最高头目，但他无疑是家族中最有魅力和影响力的人，是所有成员的榜样，这和他与马利亚纳团伙的历史渊源不无关系……正如我所说,已故维托里奥的王位继承人就是他的儿子安东尼奥……他一直跟随父亲左右,参与了每项活动。而且,如果我没搞错的话,他也是维托里奥唯一的儿子。"①这是来自这位法庭证人的证词。

我见过安东尼奥·卡萨莫尼卡两次。最近一次,是他穿着白色浴袍在阳台上远眺,对我并无太多回应,转身回到房间内拉上了百叶窗。我第一次见他,是在他父亲葬礼的几天后,那时他更张扬一些。他当时仍在居家软禁,还没正式入狱,但由于被骚扰的企业家受到了新的恐吓,对安东尼奥的防控措施进行了升级。他不愿回答任何问题,只一味对媒体进行讨伐:"你们在这里做什么,谁让你们进来的?!你们这些记者只会胡编乱造,把我们给整惨了。"

那天,安东尼奥和另一个卡萨莫尼卡在一起,他就是佩雷,大家也叫他"圭里诺"。他住在8号索尼娅别墅内,这栋别墅以他妻子的名字命名。那是一栋奢华的住宅,外墙是鲜艳的庞贝红,配有监控摄像头。房子共两层,带一个游泳池,用于聚会和庆祝活动,这可给左邻右舍"造了福",他们常年忍受从他家传出的娱乐喧嚣。名义

---

① 出自2015年12月18日提供的摘要信息记录。

上，佩雷是一名汽车经销商，所以当我们到达他家时，他长话短说："我们手上无权，你们才是最有影响力的人。"他一边说着话，一边挥舞双手，不停地拍打叫喊。不久之后，宪兵队来到他家，当时正好赶上佩雷大谈政治倾向："我们投票了，政客总是要求大家投票。我们投票给了安德烈奥蒂（Andreotti）、克拉克西（Craxi）、贝卢斯科尼（Berlusconi），都投了。"[①]而有些人只投给了中左翼。总之，这个家族的政治观点分为两派。再次见到圭里诺·卡萨莫尼卡是在2018年12月，适逢他父亲朱塞佩的别墅被拆。我打电话采访他，他解释说他父亲的别墅虽为非法，但已经被赦免了。这一切都是他家人多年来遭受的不公正待遇。一名了解圭里诺的市民描绘了他的形象："他非常狡猾，作恶多端。他们的钱多到数不过来。他的那栋别墅？有人从卡拉布里亚和热那亚赶过来摆平这事，在罗马就没有人再敢吭声了。他们一贯有不付钱的臭名声。"大概就是此类日常流言蜚语，让家族"好名声"遭到诽谤。

有关佩雷的最新调查指出，他与其他家族头目有往来，包括卡多皮亚诺街上那个家族的首领费鲁乔和来自富尔巴

---

① 本书作者与莫妮卡·劳奇（Monica Raucci）共同为电视频道LA7制作的节目，于2015年9月9日播出。

门区域的重要人物卢恰诺·卡萨莫尼卡。卢恰诺在 2018 年 7 月的警方突袭中入狱,而费鲁乔的故事将在后文详述。除此之外,佩雷身边还环绕着不同的嫌疑人、朋友和老熟人。警方曾展开一系列针对他的调查,并且以抢劫、非法携带武器、诈骗罪名将其定罪。他也由此"功成名就",进入卡萨莫尼卡家族的"奥林匹斯众神山"。其父朱塞佩与家族其他成员被卷入一项洗钱调查,最终被判有罪。"埃斯梅拉达"行动中,警方发现一笔可疑的资金流动,有人试图通过在摩纳哥公国和意大利之间进行一系列资金转移来掩盖其非法来源。其中,部分资金是通过贝卢斯科尼发布的税收屏障制度顺利流回意大利的,可见政客送礼时出手总是大手笔。仔细阅读那份判决书[①],不禁令人深思:当我们写下佩雷和卡萨莫尼卡的故事时,我们谈论的是谁?后文将有一个段落专门讨论这笔钱的疑似非法来源以及对佩雷展开的贩毒调查,但在洗钱调查中佩雷并非调查对象。我们发现"他在德国因贩毒罪被判处有期徒刑 7 年"。但根据反黑手党调查局的档案,圭里诺不仅是一个罗马犯罪集团的可卡因供应商,还在一个四人团伙和哥伦比亚毒贩之间充当

---

① 罗马法院法官毛里齐奥·卡伊瓦诺(Maurizio Caivano)于 2006 年 3 月 3 日做出的判决。

了协调人。四人团伙中包括后来被定罪的维托里奥·迪甘吉（Vittorio Di Gangi）。

今时今日，圭里诺正在别墅和泳池中享受着他当之无愧的自由。

圈内人

绑架与螺丝刀

由罗马检察院和反黑手党调查局共同努力制成的卡萨莫尼卡家族族谱里,包含了 51 个家族的参考资料,涉及近 900 个人物。出于各种原因,这本族谱如迷宫般错综复杂。

原因之一是每个男人都拥有一个按罗姆人仪式结合的正式妻子,同时还与其他女性保持亲密关系。这是家族常态。对于家族的女性群体来说无疑是巨大的痛苦,她们必须忍受现状并对此保持沉默。但有些女性也会站出来临时主持事务,尤其是在当家的男人被关进监狱的情况下。那些从事非法活动的男人一旦败露,必须马上找到接替者。另有一些男人并不是在大规模调查中落网,而是因专门的立案调查而入狱。比如 1980 年出生的圭里诺·卡萨莫尼卡，他在逃亡 6 个月后于 2017 年 12 月被捕，上诉法院判定他犯了绑架勒索罪，他带着妻子儿女所做的弥撒显然没能保佑他。他曾在一个社会团结协会找到落脚处，重新干起了绑架的勾当。虽无人公开谈论，但在罗马人尽皆知。2011 年，当时的罗马市长是詹尼·阿莱曼诺（Gianni Alemanno）。在首都的阿纳尼纳区上演了一出犯罪传奇，其精彩程度让黑帮剧《罪城苏布拉》（*Suburra*）相比之下纯真得像诗歌《太阳颂》（*Cantico delle creature*）。该事件中，一个哥伦比亚人和一个罗马人被绑架，绑匪正是圭里诺·卡萨莫尼卡和同伙，因为他们想要回一笔 15 万欧元的款项。两个受害人的家属接到通知，要求分期付款，分别交付第一笔 3 万欧元。绑架两天后，宪兵当场逮捕了圭里诺和同伙，并发现两名被绑架者身上满是伤口和瘀斑，显然他们在绑架期间遭到毒打。

其他卡萨莫尼卡也有故事可写。通过其中一个关于住房和城市建筑群的闹剧，我们可以一窥卡萨莫尼卡对房产的控制。这个建筑群位于卡帕奈雷赛马场后面，自维尔吉尼娅·斯帕达在 1983 年买下这块土地以来，该建筑群一直被疑为违章建筑而受到调查。然后呢？情况并无改善，违章建筑有增无减。先是建起了砖石围墙，之后挖了地基、架起房屋架构，最后安上地漏和排水系统。就这样，农田上的一个马厩变为住宅楼，接着又摇身一变成了卡萨莫尼卡宫殿，自带游泳池和边房，后来又转型成现代汽车旅馆，直到最后变成了包含十几个单元的多住户住宅群。这个建筑群先由1979年出生的迭戈·卡萨莫尼卡（Diego Casamonica）管理，在出现法律纠纷后由他的兄弟、生于1976年的费鲁乔接管，租金为每月300～500欧元。迭戈和费鲁乔是已故维尔吉尼娅的两个儿子。

费鲁乔·卡萨莫尼卡，人称"马西莫"，于2018年7月和儿子圭多以及一名波斯尼亚同伙萨米尔·拉莫维奇（Samir Ramovic）一起被捕。那些已经逃离罗马的人最终也落入法网，费鲁乔的女儿埃莱奥诺拉（Eleonora）便是如此。她在莫利塞省的维纳夫罗和伊塞尔尼亚两地之间经营着一个贩卖可卡因和海洛因的毒品交易团伙，于2018年12月被捕。皮诺·斯帕达（Pino Spada）也锒铛入狱。为了破坏调查，他曾威逼一名证人去检察院对宪兵提出虚假指控。威逼与恐吓是卡萨莫尼卡永恒的手段。回到罗马那个臭名昭著的建筑群内，历史也在不断重演。此处居民大多是外国移民，他们没有房屋合同，也从不缴税，是真正意义上的非法侵占和土地滥用。一些楼栋开始清理非法居住人群时，引发了轮番报复。心怀怨恨的家族成员来到街头小贩奥迪亚瑟·里基·奥萨泽勒（Odiase Richie Osazele）那里，企图将装满货物的卡车洗劫一空，最终未遂。他们被这个尼日利亚籍店主逮着现行，由此引发了一场混战，费鲁乔大喊"你这个混蛋，竟敢当这儿的房东"，并拿着一把螺丝刀刺向他。小贩最终因肺部被刺穿而住院，"无业游民"被逮捕。

我亲自探访了这个建筑群里的住宅，那里至今还住着外国移民。房子门口的对讲机坏了，但若俯瞰庄园，游泳池、花园、别墅和边房尚在。针对这里的非法居住问题也进行过司法审查，但因诉讼时效过期而被法庭驳回。这个区域理应是一个限制区，一个针孔也不能乱凿。结果，一整片建筑群拔地而起。

房屋是这个家族坚决不让步的巢穴。在许多未经批准建造的房屋中，一部分已经被没收，例如弗朗切斯科·迪贝内代托街64号住宅，恰是在"大人物"托尼的别墅对面。这幢建筑现在归国家所有，房屋遭人遗弃，屋内的大理石被全部剥去，装饰和家具被掏空，房屋状况很糟糕。住在那条街上的还有恩里科·卡萨莫尼卡的家庭，他是"大人物"托尼的兄弟。恩里科的儿子尚未成年，在一部类似《发条橙》（*Arancia Meccanica*）的电视剧里演了一集主角。有一回，大楼的一名门卫为了保护自己的儿子不受恩里科儿子的霸凌，被恩里科的儿子一记重拳打烂了嘴。我亲眼见到此类事件中伤痕累累的受害者："我无法张口说话和进食，还得再做一次手术。请您离开吧，这些事回忆起来太痛苦了。"小卡萨莫尼卡就此被捕，他的父亲恩里科因其他罪名一并被抓获，别墅也被警方没收。之后，父子俩搬进了另一处房子，那也是他们占领多年的房产。对于这个家族的人来说，总有一套解决方案在手，而他们造成的暴力事件更是不计其数。其中一件值得一提，因为它直接将卡萨莫尼卡的表亲、来自奥斯蒂亚的斯帕达家族引向衰亡。

斯帕达家族

2017年11月7日，记者达尼埃莱·皮耶尔温琴齐和摄像师爱德华多·安塞尔米遭罗伯托·斯帕达残忍攻击。他们这是在为犯下的一个严重罪过付出代价：竟敢在卡萨莫尼卡亲属家族的地盘上，报道外界流传的斯帕达家族暗中为卡萨庞德提供竞选支持事件。罗伯托·斯帕达先用头撞，之后一名同伙加入殴打。就像葬礼上发生的那样，这记头槌成为事件的转折点。这两名斯帕达成员被逮捕，罗伯托入狱，去陪伴已在狱中的兄弟罗莫莱托（Romoletto），也就是卡尔米内（Carmine）。这兄弟俩还被卷入一项大型犯罪调查，必须交代自己与黑手党的关系和一系列罪行。罗莫莱托和他兄弟被指控是2011年11月在奥斯蒂亚谋杀了小名为巴菲齐奥（Baficchio）的乔万尼·加莱奥尼（Giovanni Galleoni）和小名为索卡内拉（Sorcanera）的弗朗切斯科·安东尼尼（Francesco Antonini）的幕后主使，杀人动机是海岸线地区的控制权之争。审判中，证人塔玛拉·扬尼（Tamara Ianni）讲述道："最近，他们在我父母家埋下了一个炸弹，还凶狠地瞪我，让我闭嘴。但我还是要发声，因为我已经承受了太多暴打，再也不会让步了。我和我丈夫甚至两岁的儿子，他们一个都不放过。他们想打垮我们，彻底摧毁巴菲齐奥家族。他们从来都无法忍受我儿子和加莱奥尼一样名叫乔万尼。他们声称已经把加莱奥尼杀了，他也该死。他们想用佩雷①的血来害我儿子，让他也患上艾滋病；他们还在我孩子面前打我，这一切暴行仅仅为了惩罚他有这个名字。他才两岁，还这么小。"

---

① 即恩里科·斯帕达，于三年前去世。

2018年10月,扬尼父母家门口的炸弹爆炸,当时审判刚刚开始。几个月后,斯帕达家族被铲灭,其资产被尽数没收,经营活动彻底关闭,只剩外部人脉尚在。家族生活已成碎片。斯帕达与卡萨莫尼卡两大家族关系紧密,他们在社交生活、商业活动、兴趣爱好以及犯罪行动上,皆有交集。正如2018年7月在警方对卡萨莫尼卡家族展开的突袭中,一同被捕的正是多梅尼科·斯帕达(Domenico Spada)。

袭击发生在罗伯托·斯帕达的健身房外,他在那里教授拳击课。斯帕达家族经营着好几家健身房,甚至有一间就开在市政大楼里。多年来,健身房由家族亲自经营。

黑社会所包含的另一层含义在于它彻底消解了本就常常缺席的体制制度的意义,并强化了黑恶势力在领地上的价值。头槌事件几天后,我被派往奥斯蒂亚搜集证词。几年前,我曾在那里报道过"豆腐渣工程"事故。开发商使用劣质混凝土和廉价材料建造了大片市政居民楼,容纳着成千上万罗马人。只有天气好的时候,他们才能从所在的居民楼里眺望远方、看到大海。为解决住房紧缺问题,市政府以高价出租该房屋使用权,房产权仍归开发商所有。在这个彻底失败的体系中,公民像囚犯一样生活在破旧公寓里，私营机构赚得盆满钵满，全然不顾牺牲他人利益。为了采访斯帕达家族，我再度来到奥斯蒂亚的加斯帕里广场。这次，我走进住宅楼的地基，发现内部支撑物的位置与先前无异，说明这些楼房至今仍和几年前同样危险。如此堕落的局面下，政府缺席，国家警察局前任局长因涉嫌受贿而遭到审判，市政当局因黑手党的渗透而被解散。在2015年"黑手党之都"[①]案后，不难想象黑帮力量足以将该区域变成一个街区国，由斯帕达人掌权，管理住宿、公共设施、街区收入和援助在内的一切事务。一名市政员工好心提醒我："小心，别把斯帕达人惹毛了，你会挨打，这个家族没有一个好人。"在这件事里，善恶不分，无人正视规则，因为规则根本不存在，每个人遵从的都是路边捡起来的规则。"我和阿尔巴尼亚人是一伙的""我手上有铁[②]""你死路一条"，这类恐吓声不绝于耳。

在我的调查中，还出现了民宅勒索案。在这场非法侵占方和合法使用方的对峙中，交织着绝望和诅咒，全然不见公共体制的干预，暴力威慑倒从不缺席。居民楼的电梯

[①] 黑手党之都（Mafia Capitale）是一个新闻术语，指罗马市公共行政官员与马西莫·卡米纳蒂、萨尔瓦托雷·布齐（Salvatore Buzzi）有关的各种公司和企业相互勾结，于2015年得到初步证实。——译者注
[②] 指枪。

无法正常运转，残疾人被困房中不得出门，楼里公共暖气系统失灵，内部装饰家具老旧，车库也被改造成了生活区域。"我的丈夫死在了电梯里，"一位妇女说，"电梯门开了，他一脚踩空。医生判定他当场死亡。希望的确如此，他就没受罪。全新的奥斯蒂亚的座右铭是：视而不见，听若罔闻，如此也走过了百年。"在居民楼里，居然有人因电梯踩空而死。在这个到处是十字路口和羊肠小巷的街区，若不亲眼见到现实生活，就无法理解黑社会力量是如何掌控着每个人的每一口呼吸的。"房屋敲诈勒索真实存在。如果你向斯帕达人借钱，当下就必须还给他们。如果不遵循他们开出的条件，你就得把房子抵押给他们。他们拿着高利贷引诱你入坑，之后将你蚕食。如果你还不起贷款但有房子，他们就会把房子夺走。你以为，斯帕达人是怎么住上别墅豪宅的？是靠吃苦耐劳还是拿保护费？"[①]通过这种方式，家族的魔掌控制了一切。在这里，罗伯托·斯帕达用拳头和希望筑成一道铁墙。没错，希望。因为街坊家的孩子都会跑到他的健身房消磨时间。"他们没有伤过什么人，"认识他们的人说，"我没钱的时候，我的孩子就会跑到健身

---

① 与同事卡门·沃加尼（Carmen Vogani）共同进行调查，于2017年11月16日在电视频道Rai2名为《尼莫》（*Nemo*）的节目中播出。

房,反正家里提供不了任何东西。"罗伯托·斯帕达经营着一家名叫菲姆斯的拳击馆,以及几家老虎机游戏厅和夜店。拳击馆后来被查封。在拳击馆里,他向不同年龄段的孩子教授高贵的拳击艺术。拳击是卡萨莫尼卡家族的热情所在,大约有几十名卡萨莫尼卡和斯帕达家族成员先后成为拳击手。其中有罗莫洛·卡萨莫尼卡,他是家族首位职业拳击手,也是最著名的一个。他在20世纪80年代和90年代成为次中量级冠军。然而,从冠军戒指到监狱只有一步之遥,后来他因高利贷和敲诈勒索等罪名接受了几次警方调查,这已经成为家族的必修课程了。

在罗伯托·斯帕达把记者和摄像师打得浑身是血之后,家族派人去电视上做声明。这次轮到另一位知名获奖拳击手多梅尼科·斯帕达。2017年11月底,他在La7电视频道上接受了一次访谈,播出后不久,又上了《竞技场外》(*Non è l'Arena*)节目,在脸书上直播。他先是指责"这个国家没有民主,只有独裁者。罗伯托·斯帕达是清白的"①,

---

① 2018年1月25日,在罗马检察院协调的一次行动中,罗伯托·斯帕达因与黑手党有关而被捕,审判确定相关内容属实。2018年10月底,马西米利亚诺·斯帕达、马西米利亚诺·马西米利亚尼和克劳迪奥·加拉蒂奥托因黑社会团伙罪被一审宣判有罪。这是罗马法庭首次承认"无业游民"这项罪名。

随后又透露"我没必要透露收钱的事,但他们的确付了钱给我。我创立了一个名为'精英派'的政治团队参与竞选,为我们的孩子创造一个未来"。最后他以标志性的口号结束:"多梅尼科·斯帕达,非商业人士。"斯帕达炫耀称,电视台有偿邀请他为堂兄弟辩护。鲜少有人读过罗伯托的审判书,事实上,罗伯托被判高利贷罪和敲诈勒索一级罪名成立。[①]他以别名"火山"出镜,介绍了他位于马里诺的健身房里有很多生机勃勃的孩子。2016年10月,他被判处有期徒刑7年,但他仍得意地四处宣扬。受害者在媒体采访中对此表达了愤慨与震惊。如果罪犯总是春风得意,很难让人有所信仰。审判还涉及了其他嫌疑人,包括安东涅塔·卡萨莫尼卡(Antonietta Casamonica),而最后的审判结果足以一窥这个家族的势力之大。本案涉及的高利贷债务由卡萨莫尼卡传给斯帕达,这是家族内部常用的运作模式:他们将高利贷受害者和债务进行转移,从而使受害人无法脱身,并保证总有新的刽子手接手。在斯帕达案的窃听录音中,也出现了大量卡萨莫尼卡家人的罗姆语需要进行翻译,这也是一个难点。"我受到了一些来自被告的威胁,认为我

---

① 2018年10月,罗马上诉法院确认刑期7年。

没有尽职。"这是一名翻译向罗马第十刑事法庭法官做出的几项申诉之一,目前正在审查中。

在很多场合,拳击爱好这一借口为施暴提供了合法掩护,拳击甚至成为攻击手段。有一名受害者遭斯帕达拳打脚踢,眼镜也被砸碎;另有一名受害者被扇耳光,并收到死亡威胁。多梅尼科·斯帕达在一审被判有罪后仍然能上电视,也没停止体育活动,甚至在他 2014 年被捕后,仍有一些政客继续在他的脸书上留言,其中包括现任五星党参议员埃马努埃莱·德西(Emanuele Dessì)。2018 年 3 月的政党选举活动中流出一个旧日视频。视频里,德西和多梅尼科·斯帕达在一起跳舞。这名日后的参议员自我辩解说,这事发生在斯帕达被捕前,而《速递》杂志发表的一篇文章揭穿了他的谎言。事实上,2015 年 8 月 17 日斯帕达被软禁期间,德西在斯帕达的一个帖子下方留言:"说到沙袋,记得提醒我把打包好的沙袋带给你,我把它们放在车库里了,因为我把仓库关了。"① 这位参议员在电话里解释:"我写了这个留言,因为我从其他拳击手那里听说在社交网络上可以联系到斯帕达。我的车库里会有他的沙袋,是因为我有

---

① 该文章作者为安德烈·帕拉迪诺(Andrea Palladino),https://espresso.repubblica.it/inchieste/2018/05/11/news/l-。

一家搬家公司，他在受审之前委托我帮忙把沙袋运到另一个体育馆。"总之，按照他的解释，故事的来龙去脉是：这位参议员帮助斯帕达进行了一次小型搬运，进行得不是很顺利，就把沙袋搁在了车库。之后他在脸书上找到斯帕达，留言告知他此事。"我从来都不是他的朋友。因为我打拳，所以从前会去那个健身房。在接受调查之前，他一直被视为从不堪家族中解放出来的典范人物。据我所知，民主党甚至考虑提名他参加罗马市政选举。"共舞视频流出后，参议员德西声称，自斯帕达被调查以来，他便不再与其有任何关系。他显然没意识到，这个版本与他之前在沙袋事件里的说辞自相矛盾。德西称这是《速递》杂志的诋毁运动，已经上诉。他还澄清自己与多梅尼科的关系"仅仅是和一个非帮派成员的偶然相识"。2018年7月，司法部门以黑手党罪名对多梅尼科实施逮捕，美梦终究破碎。由此，多梅尼科·斯帕达被迫推迟组党，也推迟了对纸媒的讨伐。他最想搞垮的对象之一莫过于《共和国报》(*Repubblica*)记者费德丽卡·安杰利（Federica Angeli），她一路见证了该家族的非法行径，并坚持不懈地对其进行谴责，记录下斯帕达家族在奥斯蒂亚的活动和事务。费德丽卡目前受到司法保护。

卡萨莫尼卡写道："费德丽卡·安杰利，你是国家的耻辱。"在卡萨莫尼卡家族眼里，若有人敢谈论该家族的权势且坚决不低头，就是犯下了重罪。

家族的女人们

利利亚娜·卡萨莫尼卡，人称"斯特凡尼娅"

男人固然是家族的主梁，但也有几名家族女性赢得了指挥权，她们像胸口的徽章一样闪亮。尤其是在男人服刑期间，保管毒品的是女人。每到夜晚或者一接到望风人的通知，她们就偷偷将毒品藏到不易被找到的角落，以免被警方缴获，也可保障她们自身免遭指控和逮捕。她们想出了一个屡试不爽的装潢房屋的方法：在家装店里用假名，买了东西不付钱，要么开空头支票，要么抬出家族大名进行恐吓。就是凭借这个手段，她们建起了一幢幢别墅。这些女性领头人里，最杰出的代表是比塔洛的妹妹利利亚娜·卡萨莫尼卡，大家都叫她"斯特凡尼娅"。这正是卡萨莫尼卡族谱混乱复杂的另一个缘由：几乎所有卡萨莫尼卡都有两个名字。家族知情者透露："几乎每个人都有一个假名，在接受警方调查时，可以有效地混淆视听、掩盖真实身份，也能在设骗局时迷惑受骗人。"

"朱塞佩和利利亚娜处于核心地位。"① 作为利利亚娜的前闺蜜、朱塞佩的兄弟马西米利亚诺·卡萨莫尼卡的前妻，德博拉·切雷奥尼说出了自己的看法。马西米利亚诺是家族的另一名重要成员。7月16日，富尔巴门巷被袭前一天，马西米利亚诺在脸书上发表了一个帖子："夜晚美好，因为内心可以填满念想，梦想着在所爱的人身边生活，期盼着明天会是更好的一天。晚安，我的宝贝们，你们赋予我力量和意志，让我继续前行。"这段话献给他再也不会见到的孩子们，因为德博拉·切雷奥尼已经带着他们离开。

德博拉的故事打开了一扇窗，让我们得以窥探位于富尔巴门巷戒备森严的宅内生活。

2002年，德博拉与马西米利亚诺·卡萨莫尼卡举行了罗姆式婚礼，婚后二人抚育了三个孩子。炼狱般的生活在2014年到来，一年后她鼓起勇气站到了正义的一边，成为司法合作人。她和三个未成年孩子目前正处于证人保护中。她趁一次狱内审问的机会成功越狱，获得自由。在狱外她还是决定给警方写信，表示希望协助司法调查。在一座所

---

① 审讯发生在2015年7月18日。

有人已经习惯缄口不言和视而不见的城市里，这封信是尊严的宣告。"虽然生活给了我巨大的阴影，我也自尝苦果，但生活也赠予了我许多美好事物，让我认识了与众不同的人。我孤身一人，只为我的孩子们而战，并将永远为他们而战。我要确保他们有安稳的未来，因为我在不幸的人生之路上身患疾病，病症已经开始显现。我自知所剩时日无多，说不定哪天死神就会把我带走……你们帮我找回了孩子们，还逮捕了那些愚昧无知的禽兽，他们视人命为草芥，随意践踏他人，不配得到尊重（我想不通当初为什么会选择他）。为此我将永远感激你们。"德博拉也参与协助翻译监听录音。对于族外人来说，卡萨莫尼卡的语言犹如天书。那是在2014年，当德博拉离开卡萨莫尼卡家族，才结束了一段噩梦般的生活。"在家族里，我穿什么衣服，都得按他们说的来，不得有违。有几次我按自己的意愿做事，结果遭到威胁、殴打（包括后来在监狱里仍会如此），甚至被绑架。[①] 随着马西米利亚诺入狱，我原本就已经局促的生存状态变得彻底难以忍受。在卡萨莫尼卡家族看来，是我这个恶女人害他入狱，我的生存权利更远不如一个普通罗姆妇

[①] 她揭露此事系利利亚娜·卡萨莫尼卡和安东涅塔·卡萨莫尼卡二人所为。

女了。"①

在这个故事里，充斥着绑架、威胁和暴力元素。对于调查人员来说，正是利利亚娜主管着富尔巴门巷区域的毒品交易：她与妹妹安东涅塔将毒品按不同剂量分装，在夜幕降临时将它们放在楼外。这样，即便毒品被警方查获，也查不到她们头上。在家族缺乏男性首领当家期间，人称"斯特凡尼娅"的利利亚娜就是家族的教母和女族长。她和许多其他女性成员一样，在族内处于次要地位，但在支撑起家族的组织结构中仍然具有一定价值。她的存在能使卡萨莫尼卡家族的日常活动继续正常进行。

司法调查中另一名关键人物马西米利亚诺·法扎里也确认了利利亚娜的作用："佩佩（Peppe）被关在里面的时候，斯特凡尼娅是实际掌权的人。她管理钱财，主持家庭事务。有一次她对我说，我们家的运营方式和你们卡拉布里亚人有点像。现在佩佩不在，所以我当家，但我也可能会入狱，你明白吗？"②"她更像一个男人而不像女人，这是共识。"③

---

① 采自德博拉·切雷奥尼 2017 年 4 月 4 日的口头信息。
② 同上。
③ 出自 2017 年 2 月 1 日对马西米利亚诺·法扎里的审讯。

法扎里补充说:"清理门户的时候,她们简直像疯子一样。她们的所作所为跟男人一样极度暴力,能把一些女人揍得很惨。她像一个拳击手,甚至像一只野兽。利利亚娜一拳砸过来,能把东西全砸碎。她真的很可怕。"

2018年7月,利利亚娜最终因黑手党罪入狱。对于卡萨莫尼卡家人而言,黑手党并不存在,他们只是会犯错的吉卜赛人,和所有吉卜赛人以外的普通人一样。

悔罪者和诺艾米

"旧时今日,我都相信正义,但现在我只想见我的孩子。"① 马西米利亚诺·法扎里用了一个未知号码联系到我。但他一做自我介绍,我就立即明白是谁。"我不能谈论进行中的司法调查,但必须将我的个人故事公之于众。我的前妻不让我见孩子,她从来没有后悔过,诺艾米·拉涅利(Noemi Ranieri)不是一般人。"让我们回到这个故事的最初,有关上帝的灵魂,一个有组织犯罪中充满争议的儿子,一名忏悔者,一座受控制的城市——罗马。

2011年,马西米利亚诺·法扎里抵达富尔巴门巷。在

---

① 出自2018年9月14日向作者提交的声明。

诺艾米·拉涅利的引荐下，他来到卡萨莫尼卡家人的庭院，拜访家族成员。诺艾米·拉涅利是马西米利亚诺·卡萨莫尼卡的妻子德博拉·切雷奥尼的幼年好友。"无业游民"家族之所以同意见外族人法扎里，全因他有一个好家世——光荣会。他在摇篮里接受光荣会的洗礼，自小就与卡拉布里亚黑手党的教父、犯罪成员和最高层同席。此外，他的家族与卡拉布里亚的犯罪头目之一曼库索（Mancuso）家族有联系，并与尼尔塔（Nirta）和莫拉比托（Morabito）保持交往。他凭借姓氏，便无所不能。他出生于地位尊贵的黑手党，所受"洗礼"更是来自族中位高权重的头目。

法扎里跻身光荣会的奥林匹斯山，与一众知名罪犯平起平坐。他是人称"天使面"的努乔（Nuccio）的儿子，是尼古拉、托马索（Tommaso）和维尼乔（Vinicio）的表亲。他的亲戚里另一个重要人物是温琴佐·法扎里（Vincenzo Fazzari），别名"切切"（Cecè）。

正是因为他有这层影响力，卡萨莫尼卡家族对他甚为欢迎，为他在黑社会的发展保驾护航。此类故事在后文还将看到许多。

法扎里最初在罗马的一家私人安保机构工作，在夜店有过不少寻欢作乐的日子。后来他与诺艾米相识，由此和卡萨莫尼卡家族搭上了关系。法扎里接近卡萨莫尼卡的原因很简单，他需要钱。他有个表弟叫多米尼克·斯卡尔福内（Dominique Scarfone），人称卡拉布里亚人，也是一个黑社会头目，因涉及跨越普利亚大区和艾米利亚-罗马涅大区的一个视频扑克敲诈和高利贷活动而受到警方调查。最终，斯卡尔福内丧生于普利亚大区梅萨涅市的一栋别墅的火灾中。法扎里与他表弟的视频生意由此面临危机，于是转向诺艾米寻求经济支持，这才与卡萨莫尼卡家族产生联系。

接触后不久，法扎里便摸清了卡萨莫尼卡家族，并且颇为精辟地概括了他们的本质："谁都别想随便招惹他们，他们能像下水道里的老鼠一样把你给生吞了。"老鼠会吞噬、啃咬和污染一切。

面对数量众多的老鼠时，我们会想到通过大面积分散式的消毒，实现大规模的控制。但几天后老鼠又回来了，数量更多，也更凶恶。

法扎里就这样进入了家族。当他决定与警方合作后，检察院和初审法官认定其证词具有可靠性，是因为他除了揭发家族成员，还坦白了自己所犯下的种种罪行。如今，法扎里受到证人保护，但由于一系列上诉和裁决的司法程序仍在进行,因此至今见不到儿子。在一个案例中,法院指出法扎里与诺艾米之间存在利益冲突,因此限制了二人的父母责任。法院决定将孩子"安置"在母亲那里,但监护权委托给了社工。① 还规定,孩子的父亲每周可见孩子一天,但尚未落实。法扎里希望再次见到孩子,也是基于他和前妻诺艾米所做的截然相反的人生抉择。得知丈夫决定做法庭证人后,暴怒的诺艾米用罗马方言骂道:"你和法官做了朋友,摇身一变成了司法合作人,你去和那些人渣合作吧,趁你还能享受的时候就好好享受吧,你这个下水道里的老鼠。"下水道里的老鼠们的确回来了。

诺艾米仍毫无悔过之心,依旧和卡萨莫尼卡家族保持紧密关系。"无业游民"靠着放高利贷致富,而在这场致命旋涡中,诺艾米也是参与高利贷活动的一分子,甚至还在一起高利贷案件里扮演主角。诺艾米同样受到警方调查,但仅仅一项调查而已,没有被刑事定罪,因此她完全有权利和法扎里一样要求获得儿子的监护权。可以肯定的是,法扎里已经将他掌握的有关卡萨莫尼卡家族的一切信息,全盘告知了地方法官。这些指控的真实性也获得了来

---

① 罗马未成年人法院 2018 年 3 月 8 日宣布该判决,父母双方均提出上诉。

自其他渠道证词的证实，正等待进一步审理。首批证实来自他的多年旧识德博拉·切雷奥尼，后者向检察官袒露了一切。早前，德博拉与诺艾米存在生意关系，并且是私交好友，但在成为高利贷受害者之后，德博拉经过一番思想斗争，最终决定向地方法官证实："诺艾米·拉涅利一直充当着中间人的角色。她告知我必须支付20%的月息，并且只有交齐本金（2000欧元）后，才算彻底还清债务。"卡萨莫尼卡家人通过惯用的固定资本贷款彻底压榨干了企业家和穷人。"如果我没法交出本金2000欧元（或本金加利息2400欧元），这辈子剩下的时间里我得每月支付400欧元，直至还清债务。"积累到一定程度后，受害者就承担不起分期付款了。

德博拉与诺艾米的私交没能成为前者的金刚罩。受害人德博拉继续说道："诺艾米告诉我，卡萨莫尼卡家人正计划来家里抓我，我的人身安全无法得到保证。"受害者将一切告诉了自己的母亲，并飞往美国避风头。就这样，她带着深深的恐惧离开了意大利，移民美国。离开的原因？作为高利贷受害人，她面临着死亡威胁。2013年德博拉的母亲在罗马见了诺艾米，当着法扎里的面付清了欠款。这位母亲向法官坦言："我很担心自己和孩子会发生不测。"这是卡萨莫尼卡在罗马城内制造的恐怖气氛。

据调查人员称，诺艾米负责钓高利贷客户上钩，她从未悔过，甚至拒绝了证人保护计划。诺艾米对自身和孩子的危险置若罔闻，导致法院下令限制她作为母亲的权利和责任。这迫使诺艾米接受了法院对孩子提供的保护和中央保护局提供的住所。如今，诺艾米和儿子生活在一起，而法扎里却无法见到孩子："我痛苦得像条狗，但我不后悔参与司法合作，因为我痛恨曾经的生活。但我很想见见孩子，不想让他以自己的父亲为耻。我希望他在成长过程中能塑造诚实和正义的品格。"对此，尚待法官做出判决。

盖索米娜与费鲁乔

"她们必须像疯子一样拼命打扫房子，每个角落与缝隙都得一尘不染、闪闪发光。家族的女人们固然是女王，但在国王面前，她们沦为女仆，遭受殴打。"

亲历过卡萨莫尼卡生活的人讲述了家族内部的夫妻关系。罗姆人的出身和文化决定了家族男人一旦动怒，女人就要受苦。妇女如果不遵守规定，就会招来毒打。暴力和背叛是家族男人的日常行为。一些女人忍无可忍，愤然反抗，就会引发家族乱局。费鲁乔是卡萨莫尼卡家族内一条支线的头目,而盖索米娜·迪西尔维奥是和他通过罗姆仪式结合的合法妻子。熟识盖索米娜的人描述她是一个不愿放权、从不安于现状的指挥官:"她很可怕,是最令人害怕的人之一。她歇斯底里、阴晴不定,揍起人来像个男人。"

2015年,盖索米娜把家族大忌抛之脑后,打破了长久保持的缄默,拨通了媒体的电话①。我完整地听完那通电话后,将录音交给了罗马司法调查小组。那是一份将卡萨莫尼卡家族公之于众的宣言。

在本故事中,我们讲述的是家族的一条支线,他们居住在阿纳尼纳区卡多皮亚诺街上一座王宫般的别墅内。如前文所述,在卡萨莫尼卡内部不存在名义上正式统领全族的教父和教母。族内有不同的核心圈,自成一体,有独立的结构;各个核心圈在必要时刻产生交集。但对于盖索米娜而言,她不再满足于自己所在的圈子,开始妒忌觊觎其他领地。妒忌的女人最危险。

"我是那些女人之一。"电话一开场她就这么说,"我们服从男人,身心疲累。他们不断毒打我们,派我们去放高利贷,替他们敲诈。他们看不起非吉卜赛人。等压榨完了

---

① 她致电调查记者贾科莫·阿马多里(Giacomo Amadori),后者现为《真理报》记者,就此事撰写了几篇文章。

我们这一批女人,就换下一批。"盖索米娜是洪水猛兽,她的目标就是生命中的男人费鲁乔·卡萨莫尼卡。她坦白做过各种各样的事情:转移赃款到摩尔达维亚,做过挂名的门面人物,安排过打手,利用自己的孩子进行过非法交易。其中两件事颇为重要:一件是"他们有可靠的医生,能通过他花钱或易物来获取医院证明"。可易之物便是可卡因。这些医生中就有一位在几年前卷入了一桩可卡因换证的法庭案件。几年后,历史仍在重演。另有一名不愿透露姓名的证人也证实了此事。"我知道那个医生,他脑子里全是可卡因。每个与卡萨莫尼卡家族有关的档案中都有他开具的证明。"虽实证不多,但这些来自不同渠道的证词都证明,该医生的执业与"无业游民"息息相关。另有一名证人称:"他被卡萨莫尼卡控制在股掌之中,会参加有俄罗斯妓女和可卡因的聚会。"卡萨莫尼卡喜欢俄罗斯妓女,因为她们高水准、高收入,是市面上最好的选择。与此同时,他们也经营着几个女人圈子,用来和权势之人打交道时陪伴左右。一名调查员如此评价:"当你手握妓女和可卡因时,你就拥有了资本,这座城市将为你所用、有求必应。"

这名医生也出席了卡萨莫尼卡家族的一场告别宴。据说在场每位客人都配了应召女郎和避孕套。除了这名可卡因成瘾的医生朋友外，在场的还有一名警察。应召女子们坦言，她们靠家族分配的信用卡维生。

在这个无法容忍同性恋和残疾人的家族中，妇女处于低人一等的边缘地位，但盖索米娜·迪西尔维奥绝非此列。她的叙述中有另一个细节涉及为家族服务的医生们。"家族还操控着一名在社区监狱工作的女人，买通她之后就能轻松出狱。"该社区也负责缓刑中的犯人，其中包括人称"比塔洛"的朱塞佩·卡萨莫尼卡。我们拨打了盖索米娜提供的电话号码，接听者正是那名在社区工作的女子。在社区"好友"的帮助下，犯人被批准短暂离开监狱的时间也能进行灵活处理。

但费鲁乔的一通"补充"电话立即反击了盖索米娜提供的证词："她头脑不清醒，在吃药和接受医学治疗。"显然，盖索米娜很快就从病中恢复了，举报了那名电话录音并记录故事的记者。她先前提及的社区女子和医生，都在其他证人证词中被印证。目前，该诽谤投诉尚未做出裁决，而警方也可以采用该录音。这些电话录音可以追溯到2014年一场愤怒的争吵。

一份来自格罗塔费拉塔警察局的宪兵队报告记录了这场闹剧，它有利于外人理解该家族的两性之争。费鲁乔和盖索米娜的这场争吵，几乎像一场情景喜剧一样可笑，但也是卡萨莫尼卡家族最重要的争吵之一。这是一个有关内在身份的故事，淋漓尽致地体现了犯罪同伙特征。闹剧现场，男女两派对峙：男方有费鲁乔和他的儿子拉斐尔、圭多，女方则是盖索米娜和女儿卡蒂乌西亚·卡萨莫尼卡（Katiuscia Casamonica）。争吵之中，女人找来了宪兵队。宪兵记录道："盖索米娜指着石头，说那是我们赶到现场之前她的儿子们扔向她的石头。我们试图将两派人分开，但圭多、拉斐尔和克里斯蒂安（Christian）[①]仍然冲向他们的母亲，做出出手打她的样子，但很快被宪兵费力阻止了。两派人仍骂骂咧咧，但他们说的是方言，我们听不懂。"这场争端才刚拉开序幕而已。宪兵的出现并没有平息男人们的愤怒，家庭争吵变得像一场在酒馆的纷争。"盖索米娜不断喊着，男人们要把她轰出家门，如果不走，就要受到死亡威胁，被石头砸死。她的前夫费鲁乔和儿子们则指责说，盖索米娜在家和别的男人发生性关系时被抓个正着，而卡蒂乌西亚已俨然是个妓女。因此要她们滚出家门合情合理。"让我们想象一下，这场闹剧就发生在罗马市维米奇诺

---

① 另一个兄弟。

地区的卡多皮亚诺街：这里到处是卡萨莫尼卡家族建的一座座门禁森严的深宅大院；每栋别墅门口都装有高高的大门和监控摄像头，房屋四周树木林立，从而遮挡宅内的奢华装饰、名贵家具和游泳池。街上第 64 号豪宅中间就有砖石围栏和格栅将其分成两翼，恰好能防止此时的男女两派发生肢体接触。

宪兵们在女仆、金饰和豪车之间焦头烂额。报告中继续写道："盖索米娜反驳这些指控，还指责她的前夫和儿子们犯下了各种罪行。就在盖索米娜继续指认他们的罪过并试图与费鲁乔对话时，她的儿子拉斐尔挣脱了一名宪兵的控制，走近他的母亲，扇了她一巴掌。盖索米娜从花园的家具上拿起一个空的咖啡杯和碟子，扔向她的儿子圭多。圭多再次突然走近他的母亲，猛地一巴掌打在她脸上，她倒在地上不省人事。"救护车随后赶到。后来，费鲁乔被指控迫害行为罪，两个儿子圭多和拉斐尔被指控故意伤害罪。

争吵归争吵，在法庭上他们仍站在同一边。

法院最终判定，盖索米娜、费鲁乔及其子拉斐尔的高利贷罪名成立，这是卡萨莫尼卡家族最根本的罪行。历经多次审判，有些罪名诉讼时效已逾期，有些罪名到达终审并被判成立。

一笔 1.5 万欧元的高利贷年利率为 68%，即每月需要支付 850 欧元的利息，这就是这群"无业游民"的收入。家族建立起这个久经考验的网络，大量受害人落入魔掌。还有许多令人不寒而栗的悲惨故事，如一名绝望的母亲为治疗重病的女儿而来借钱，卡萨莫尼卡也毫无怜悯。这个故事印证了一条铁律：民众会对刽子手屈从。高利贷仅仅是手段之一。

作为重要的家族成员之一，费鲁乔被划为关键人物，受到调查人员的特殊监视。如今，他仍在豪华别墅里安享自由人生。相比之下，他家人的日子过得没那么滋润。正如后文所述，圭多和拉斐尔暴力攻击了一名来自伊朗的石匠，他是众多受害者中的一名。此外，拉斐尔还把女人当作出气筒，对母亲、对第一任妻子皆是如此。他的妻子因遭到多番凌辱而忍无可忍，最终带着孩子逃跑了。这段婚姻终结后，拉斐尔遇到了一个外国女人。相识最初，他用了假名"马西莫"。随着恋情深入，她了解到他的真实身份，不仅是姓名，还有品格。于是，这名女子挣脱了沉默的束缚，公开谴责他不仅对自己施暴，而且还当着孩子的面。他们相遇时，拉斐尔正以另一个名字在东欧逃亡。待他们到了罗马以后，这名女子明白了一切：她必须遵守家族规矩，不能剪头发，不能穿牛仔裤。除此之外，她还面临无休止的虐待。遵守规矩意味着盲目服从，不然就有巴掌和拳头等着她。

拉斐尔·卡萨莫尼卡被捕入狱。在他玩世不恭和冷酷无情的假面下，是一系列虐待和恐吓妇女的行径，令人不寒而栗。

与卡萨莫尼卡家族相关的女性故事往往遵循类似模式。

初遇桑德拉（Sandra，假名），让我回想起在意大利南部所结识的受害者。她们人数众多，来自不同的家庭。她们纷纷出现在街头参与游行，缅怀在黑手党与部分国家发起的战争中死去的人。意大利南方正在积极采取措施，昂起头做出反击。反观罗马，在这个代表意大利的国家、民族和体制的城市里，黑恶势力只引起少数群体的关注和谴责，被大部分人忽视。桑德拉是个顺从温柔的女子，被抛弃在她的命运中，孤独一人。

"我的故事很悲惨。由于我和一个卡萨莫尼卡有联系，因此被迫和整个家族打交道。我不想说太多，我怕得要命。我选择带着儿子离开，为此付出了沉重的代价。他们开着法拉利四处追我、打我，导致我每天靠吗啡过活。我的下巴被打碎了六次，肋骨被打断四次，巨大的痛苦让我生不如死。有一段时间，法院给我前夫下了禁令，不得靠近我。但对他来说，那不过是一张废纸。他收到禁令后照样跑来打了我一顿。"桑德拉亲眼见证了家族内部情况，因此知道他们有多凶残："他们在族内通婚，表亲可以结婚：父亲那方的亲戚不可以，但母亲那方就行。因为对他们来讲，这不是肉体关系，而是家族文化注定如此。母亲一方的血是不值钱的。有时女人们甚至在家里自行分娩。他们讨厌任何形式的多样性。"如果谁是同性恋，那就会经历地狱般的折磨。这事就发生在法比奥（Fabio，假名）身上。"他的情况，我们追踪了一段时间，"一位调查员说，"他的同性恋身份已经让他的生活成为一场噩梦，所以他逃跑了，目前住在一个基督教社区。"

桑德拉却选择留下。警方对她提供了一段时间的支援。多年过去了，一切仍历历在目。"我见过他们打斗，我亲眼看着一个人的手指被砍掉。有些女人打起人来比男人还厉害。她们吉卜赛人互相殴打成性，甚至会用上铁链。法律对他们并没有任何约束力，因为国家对他们坐视不管。我离开了这个家族的一个男人，这是对他们的宣战。我甩了他，我自己也付出了代价。"

卡萨莫尼卡家族的男性容不得被人遗弃。桑德拉的故事，与如今的司法合作人德博拉·切雷奥尼的故事相似，与举报拉斐尔的西蒙娜的故事相似。这些女子在深沉的母爱中找到最原始的力量，打破家族规矩的桎梏。这些女子遭受恐吓、家暴、折磨与侮辱，但她们从未放弃反抗。

犯罪服务机构

"嘿,我们一无所知,我们一无所有,我们是吉卜赛人。"这就是家族成员的抗辩之词。众多家族成员被划分为一个个同心圆,相互交错,但不重叠。由此,在庞大的家族体系内形成了一个个独立自治的核心家庭,家族支系不断繁衍扩张,并与其他犯罪家族形成错综复杂的联结。多年来,卡萨莫尼卡就像一家犯罪服务机构:向罗马输送不义之财和毒品。金钱来自以集群的方式进行的不间断的高利贷活动,涉及大量家族成员,压榨受害人。强大的债务收讨能力,让家族成为一家可靠的讨债机构。但是,为了对城市和公众施加影响,还需要提供另一种不可或缺的商品——毒品。毒品交易滋生了大量客户,使其成为家族敲诈勒索和控制的对象。通过金钱、毒品和高级妓女,家族得以满足挑剔的客户。随之而来的便是敲诈、勒索、抢劫。暴力从来不是空穴来风，暴力的目的是制造恐惧和沉默，从而建立一个充斥绝望的政权。在罗马有一个沉默法则，当与卡萨莫尼卡家族的受害者对话时，沉默作为一种常态出现。他们总是会先给出部分的、片面的、千篇一律的空洞陈述，直到调查人员展示监听证据，他们才逐渐摘下面具。这座看似正常运转的城市里，路面坑坑洼洼，交通拥堵不畅，垃圾遍布街道。这里，日常生活中暴力无处不在，遭人忽视但吞噬着这座城市里的生命。人们承受着暴力却保持沉默，暴力无处不在却被视若无睹。

当公共体制缺乏公信力时，霸占领土的私权就乘虚而入，凌驾于公民之上。这类权力会受到公民的认同、回应，甚至接受。沉默并不具备地理根源，而是国家权力缺席的结果。在罗马，这种沉默确然存在，尤其在某些区域，它似乎呼应了莱奥纳尔多·夏夏（Leonardo Sciascia）的电影《各取应得》（*A ciascuno il suo*）中的一段话："面对宪兵队长指认凶手的时候，无论会不会说话，连狗都会变成哑巴。"连狗都变成了哑巴，在罗马正是如此。正是在罗马，在这个汇集了国家最高权力的首都之城，一旦你落入卡萨莫尼卡的魔掌，一切国家权力都消失殆尽，只剩下你和这个家族。他们将一路追你进入法庭，进入你的家庭和生活的每个角落，无所不在。

无须赘述，只消读一下受害者留下的对话就一清二楚。单独来看，故事中的每条支线凌乱分散，毫无章法，无法解释任何现象、论证任何说辞或框定任何概念。但每条支线又缺一不可，它们共同构成了完整的犯罪网络图像。

比如，马尔科和毛里齐奥（Maurizio）这对父子向卡萨莫尼卡家族借钱，最后被逼得卖掉一栋房子。这些故事呈现在你眼前时，或许有时你任其一闪而过，没有多加思考。但在这儿，请给它片刻停顿与思索。那是属于他们自己的家，寄托了全家人的情感、记忆和生活的痕迹。我来自那不勒斯的一个郊区，在我们那儿，建房或买房需要耗时数十年，那是一场在困难和渴望之间恒久的挣扎。所以我无法理解，有哪一个家族能像游戏一样把家的梦想就这样轻易打碎了，我不知道谁能把逝去的时间交还给那家人，连同那些充斥着玻璃、黄沙、水泥和梦想的季节。

突然间，一切都消失了，你走进一条黑暗而逼仄的道路，找不到出口，承受无尽的痛苦，你牺牲一切换来的家彻底失去了。

马尔科和毛里齐奥就这样失去了自己的房子，他们把房子卖给了卡萨莫尼卡作为贷款抵押。即便如此，父子俩也从没想过要举报卡萨莫尼卡家族。马尔科对父亲说："这些[①]将足以把你控诉的人带上法庭，你必须在他们（卡萨莫尼卡）面前说出来。我只想过上安静的生活，到处走走，但我还是得面对这个烂摊子。都是因为你多年来想要提供证词去逮捕他们，那你就好好地供述，把他们抓了，把这场麻烦了结了。"另一位受害者西莫内（Simone）与马尔科交谈后，递交了一份屈服宣言："他们让我焦虑，我已经害怕这些人15年了。15年来，我时而交钱时而不交，因为经济状况不好。他们就会来找我。我不会举报他们的，即便遭受酷刑也不会，我不喜欢这样。让我一个人待着吧，让我活下去。你走你的阳关道，我过我的独木桥。他们的报复心很重，哪怕眼下放过我，过了三四年还会来找我算账。你觉得三四年后他们不会回来找我们的麻烦吗？不会把我们干死吗？这是我的恐惧。我的意思是，如果花一点小钱就能买个安心，我宁愿花这点钱。"没错，一二百欧元就能购买自由。都已经2016年了，国家机关、警察局、财政部、宪兵队和司法部门居然都不能保证罗马这个首都的安

---

① 指任何指控性说明。

宁，还要公民花钱才能买到。卡萨莫尼卡家族贩售的是民众的安宁、生活的稳定。

在宣言书里，被害人继续解释着他的心态，那是彻底屈服的心态。

"你该怎么在这些人面前摆出强势的样子？马尔科，你我都不是强盗，我们输不起。我们有家庭，有家人，有父母长辈。我们能怎么办呢？怎么摆出一副强硬的样子？我们只能继续扛着，与他们和解。一旦开战，我们必输无疑。所以我必须向他们妥协，而且永远妥协。马尔科，你不能告发他们，千万不能，你会招来麻烦的。"

还有安东内洛的话："这是意大利最危险的家族，他们是真能把人撕裂的野兽，人尽皆知。他们随便就能冲我头上来一枪。他们人多势众，因为他们是吉卜赛人，无处不在的吉卜赛人。"[1]

卡萨莫尼卡家族无处不在。司法合作人马西米利亚诺·法扎里用了一个形象的比喻来解释："要想理解这个家

---

[1] 这些及下文的受害者陈述是"格拉米纳"行动的组成部分，除非另有说明。应罗马检察院检察官乔万尼·穆萨洛、副检察官米凯莱·普雷斯蒂皮诺的申请，"格拉米纳"行动由法官加斯帕雷·斯图尔佐于2018年7月下令执行。该行动涉及38人，所采取的措施经审查院考察后通过；日后将再进行一次审判，对每位涉事人员的刑事责任进行判定。

族的存在，必须把他们想象成老鼠。罗马有数以百万计的老鼠，它们无恶不作，糟践万物。卡萨莫尼卡家族也是如此，人多势众且不择手段，他们是罗马的老鼠。"

另一位受害者皮得罗（Pietro）证实了老鼠理论："他们迟早会来报复我。我来自千托切勒区，卡萨莫尼卡家族在罗马可谓臭名昭著。他们在罗马尼纳等区域的地盘上作威作福，向店铺收取保护费，这都是众所周知的。"家族地盘还在不断扩张，包括图斯科拉纳、罗马尼纳、诺纳桥、斯皮纳切托、托贝拉莫那卡，以及"非常亲近的表亲"斯帕达家族的地盘——奥斯蒂亚。这是一个逐渐殖民化的过程。

卡蒂娅在图斯科拉纳区的一家汽车经销店工作，她说："多年来，我一直容忍卡萨莫尼卡家族，对于他们欠债不还，我忍气吞声。这个地区所有店主都这样，直到今天还是如此。例如，在特拉维提诺拱门附近的康纳德超市，卡萨莫尼卡家族的成员拿了东西也不付钱，只对收银员说一句赊账。那个区域（阿皮奥-图斯科拉纳）全是卡萨莫尼卡，他们像蜘蛛网一样无处不在。我承认，我很害怕卡萨莫尼卡，没有勇气找他们把钱要回来。"如果普通人买东西要刷会员积分卡，对于家族成员来说，只要刷卡萨莫尼就足够了。进去,拿走,不用付钱。

更有甚者,即便在国家机构面前,即使身处法院这样一个提供安全和保护的场所,受害人也不敢把卡萨莫尼卡这个名字念出口。

尤拉里娅(Eulalia)对检察官说:"这些人,我指的是曾经给我儿子借钱的这些吉卜赛人,我连他们的名字都不敢提,这是一个真正意义上高度危险的犯罪团伙。"这就是卡萨莫尼卡,凶残到不可名状,同时又无处不在。

法比奥先生也声称受到了卡萨莫尼卡家族的毒害,施害人是卡萨莫尼卡的帕斯夸莱,别名洛基,目前正因高利贷和敲诈勒索受审。法比奥回忆起洛基曾经的恐吓:"我不怕失去自由,一旦我出了事,就会有人接替我。我会把你赶尽杀绝,你让你的家人小心点。"此类威胁至今仍在法比奥脑海中回响,他告诉调查人员:"我担心我和家人的人身安全,担心潜在的报复。"细聊他的遭遇,我就能理解这种担忧了:"在圣诞节假期前不久,我向帕斯夸莱·卡萨莫尼卡借了5000欧元,原本打算无论如何在假期结束后,也就是1个月内,连本带利向他偿还6000欧元。但由于私人变故,一个亲戚生病了,我就延迟了付款。1月份我到帕斯夸莱家里去见他。房间里只有帕斯夸莱一人。我一进门,他就冲上来往我脸上揍了两拳,并对我拳打脚踢。他一边打我一边说,由于拖欠,现在我得还他1万欧元。我不仅受到他的毒打,还有其他家族成员就在门外等着。由于人身安全无法得到保障,我只得同意偿还这个金额,并保证1月底前全部交齐。"

卡萨莫尼卡扼杀人权和自由的事件数不胜数。

多年来,卡萨莫尼卡人多势众,无处不在。

有些人像达尼埃莱一样,明确表达了对家族的恐惧:"我很惧怕他们那帮人,尤其因为我有一个儿子,岁数还小。因此我不想针对他们发表言论。"受害人有几十名,他们的卷宗塞满了罗马法院的档案夹。有一名多年来一直追踪该案件的调查员对现状备感沮丧,他坦诚地透露道:"到现在为止,卡萨莫尼卡已经赢了。我们的想法是通过司法手段将每条线索单独呈现出来,但这不足以瓦解整个家族系统。我们需要的是来自体制的回应,而当这个回应终于到来时,刑事法庭又不再承认了。最终,司法调查被取消了。人们总把'这些吉卜赛人实在太多了'作为难以解决问题的借口,也正是这个借口让卡萨莫尼卡有机可乘,一跃成为城市的主人,凭借毒品和金钱主宰着这座城市的命运。"

上、中、下三层世界之间没有分隔的界限。任凭你功成名就、名扬四海,也难免会落入家族的魔掌之中。马尔科·巴尔迪尼(Marco Baldini)便是其中一个。多年来,他是菲奥雷洛(Fiorello)的左膀右臂。由于他赌博成瘾,欠了一屁股赌债,无奈之下向卡萨莫尼卡借了笔钱应急。促成此事的是他的经理米利亚里尼(Migliarini),后者与家族的罗科(Rocco)和康西利奥是多年好友。但卡萨莫尼卡家族跟任何人都不讲情面。对他们而言,交情归交情,钱归钱。

巴尔迪尼的态度与其他落入虎口的受害人无异。当他和好友兼经理米利亚里尼被召去检察院做证时,他做了伪证。他承认康西利奥——别名"西莫内"——的确借给了他1万欧元,但连半分利息都没要。卡萨莫尼卡家族一跃成为慈善机构。巴尔迪尼在检察官面前的陈述与检察院在电话监听中听到的内容完全相悖。检察院在监听的通话中了解到,巴尔迪尼给米利亚里尼开了一张30万欧元的期票。巴尔迪尼对此解释道:"我的债务是6万欧元,而不是30万欧元。我们双方都清楚,我开那张期票是为了帮他,而不是我欠他那笔钱。"那是他对朋友的恩惠,为了帮助米利亚里尼公司,使资产负债表上存在入账记录。听证会后,巴尔迪尼才意识到自己闯下了大祸。他立即给亲戚朋友打电话,告知他们检察院监听了他和卡萨莫尼卡的通话,听到后者问他要钱,担心会被卷入调查。"他们对我的证词提出质疑,都是因为这通该死的电话!他们把我搞死了……我完蛋了。"检察院的听证会之后,巴尔迪尼就不再接听西莫内的电话了。另一个情况是,巴尔迪尼和米利亚里尼二人的说辞不一致。但更重要的是,二人一致否认受到卡萨莫尼卡家族的持续施压,这也和监听信息相悖。再次重申,巴尔迪尼是在米利亚里尼的牵线下与卡萨莫尼卡产生了联系并收到1万欧元的贷款,这是噩梦的开始。卡萨莫尼卡毫不念及与米利亚里尼的交情,一直向二人穷追不舍地要钱。

米利亚里尼在与巴尔迪尼的电话中说:"过去3个月间,我给了他们2万欧元。他们却不当回事,什么都不是!完全不是。最后我问他,我们认识多久了?9年,整整9年。这件事已经持续4年了。时至今日,放在一起算算,这钱足够造一座宫殿,可他们根本不在意。"[①]

巴尔迪尼在电话中祈求康西利奥:"西莫内,我真的走

---

① 2015年12月7日截获。

投无路了。"① 卡萨莫尼卡家族的惯用伎俩是装作你的朋友，借钱给你，并且佯装这钱并不是他们的，只不过以他们的名义代为放债。

面对来自别名为西莫内的康西利奥的施压，米利亚里尼的反应是："我不知道要怎么办才能摆脱这个局面……如果他们给我时间工作，我会把钱存起来的。但只给我一个星期，天啊，这怎么做得到呢？"② 之后正是在和康西利奥的电话中，米利亚里尼说："你必须得去找马尔科！马尔科得还你钱，我已经受够了替马尔科还钱，他们已经抢走了我60万欧元。"康西利奥回复道："我同情你的境况，但那条狗是跟着你的，这是我的错吗？你在电话里发泄一下情绪是可以的。听我说，听我说，最后我们会解决的。没问题，没问题！"③

米利亚里尼与巴尔迪尼作为共同债务人，针对卡萨莫尼卡发起诉讼。罗科和康西利奥正在接受司法调查。根据调查所得数据，二人向巴尔迪尼发放1万欧元贷款后，连本带利共收回60万欧元，简直是天文数字。调查人员听到

---

① 2015年11月21日截获。
② 2016年1月7日截获。
③ 2016年1月13日截获。

的经粉饰的版本如下：米利亚里尼在富尔巴门区域有一家汽车改装厂，就在卡萨莫尼卡的地盘上；而巴尔迪尼则跑到米兰工作以逃避债务。但这个版本不值一提。

不难解释为何卡萨莫尼卡家人连金额微不足道的债务都穷追不舍，这是家族的一个经典套路。正如我们所见，"无业游民"基于固定资本发放高利贷。也就是说，如果贷款人无法一次性还清本金，那么即便支付了利息，债务利率也将持续存在。司法合作人马西米利亚诺·法扎里对债务进行了说明："如果他们贷给你1万欧元，就要收回2万，分期也就是每月2000欧元，至少得付1年。在事先同意的前提下，你也可以试着在6个月内还清。你还清1万欧元本金时，就能结清债务。"但在实际操作中，如果你在余生每月支付2000欧元，将会永远无法出套。卡萨莫尼卡家族的套环一旦套上，就永远也解除不了了。他们要保证源源不断的受害人上钩，不断有利可图、有鸡毛可拔。有一个受害人的案例可以解释该机制。他向卡萨莫尼卡借了800欧元，竟用了15年才还清债务，共计支付5万欧元。他的15年人生和5万欧元就这样落入了家族的魔掌。

"我在花钱买自由，打引号的自由。我在为我的自由买单！我实在不想听到他们的名字。为了得到自由，我每个月得付 150 欧元？这样可以……尽管听上去毫无道理，因为他们没有写借条，我可以不给这笔钱。但你明白吗？这全是出于恐惧。有几次他们要求我付 4000 或 5000 欧元，我就对他们说：'听着，我没有这么多钱。如果你接受，我能付你两三百欧……'这都是为了尽量不挨打。只要不挨打，我可以分期一辈子慢慢还，但在表面上我必须说'不会拖延一辈子的'。"最后，当他们向贷款人索要钱款时，他同意无限期每月交付 150 欧元，说："每月 150 欧元，剩下一辈子我都给你，我根本不在乎。"我第一次接触卡萨莫尼卡家族的案件是在 2011 年。当时，在参议院对面的一个酒吧里，我遇到的一名年轻女子向我讲述了所经历的奥德赛一般的悲惨际遇。"我丈夫是从事汽车行业的一名商人，有自己的车行。有一段时间，车行生意出现了财务困难。有一批人找到我，他们起初表现得非常善良，说想帮助我们，第一次见面就借了我 7000 欧元。但不久后，他们又找到我，逼着我签了 20 张 4400 欧元的支票，共计 10.9 万欧元。从此以后，我们每个月必须支付给他们 700 欧元，一共付了 7 年。我们拮据到没钱付电费，没钱给儿子买衣服。我丈夫为此对我动手，在孩子面前把我拳打脚踢到骨折。"在永恒之城，借高利贷的代价就是孤立无援。这名受害女子保拉（Paola）至少有胆量告发这个家族，她至今仍生活在恐惧之中。

黑手党不喜竞争，偏爱垄断。他们征收保护费、放高利贷，但在社会上他们始终有不共戴天的敌人，那就是穷人，贫苦之人。相比之下，富人羡慕黑手党，并非富人可以免遭黑手党暴力，但在这样一片充满了控制和征服的领土上，其破坏性影响主要是针对不富裕之人。穷人缺乏改变现状的能力，因此被家族吞噬，被迫承受犯罪组织强加在他们身上的种种规则、做法和惯例。

贫穷是黑手党之友，但穷人绝对不是。穷人是刀俎下的鱼肉，是体力劳动者，或者是亟须消除的障碍。统治阶级的古老做法便是与穷人斗争而非与贫困斗争，黑手党也是如此。因此，亘古不变的现实是，没有阶级斗争就永远无法战胜黑手党，因为黑手党浸淫在污染之中，沉浸在一切臣服于统治者的大环境中。穷人是永恒的障碍，要么加入这个圈子并甘愿臣服，要么身处圈子之外。当平安无事时，遭到排挤和忽视；一旦出现问题，就会面临恐吓、威胁和殴打。

正是这些属性和特点，造就了独一无二的卡萨莫尼卡家族。他们对西西里的社会群体一无所知，也完全不了解那些因土地被非法占领而奋起反抗，却最终因国家机构、地主资产阶级和黑手党沆瀣一气而被血腥镇压的农民。但卡萨莫尼卡的所作所为印证了一个亘古不变的道理：穷人要么被驯服，要么被淘汰。因此，卡萨莫尼卡对穷人毫不留情。他们的无情已在众多案例中得到证明，正如古拉丁语所说："金钱无味"（Pecunia non olet）。无论以何种手段获得，钱就是钱，最重要的是"金钱无情"，对于吉卜赛人来说此乃金玉良言。正如前文所述，卡萨莫尼卡竟然忍心将高利贷利率施加到盖索米娜·迪西尔维奥这样为女儿筹钱治病的绝望母亲身上，还有卡萨莫尼卡甚至追债追到葬礼上。他们无所顾忌、为所欲为，黑手党人便是如此。

停尸房里站着一个人，头紧贴着玻璃，盯着眼前的一具尸首，仿佛那是他熟悉的人，一个属于他的人，一个他对他毫不冷漠的人。躺在小床上的是一个皮肤黝黑的年轻人，在俱乐部外斗殴死亡。打斗对象或许是警察，或许不是，无从知晓。正如这座城市所记载的众多案件一样，他的死因至今为谜。那个睁大了眼睛端详他的人，既不是他的父亲，也不是兄弟或表亲，连朋友也不算不上。那人是朱塞佩·卡萨莫尼卡，人称"比塔洛"，正是那个在2018

年7月被逮捕后被关进监狱41单元2号房的罪犯。2007年,时任罗马市长沃特·韦尔特罗尼(Walter Veltroni)宣称,卡萨莫尼卡家族不是大问题,他们不过是稍稍越界几尺的吉卜赛人罢了。他丝毫没有提及他们的黑手党属性。翻看机构发布的消息,关于家族的新闻只有一条:前拳击手罗莫洛·卡萨莫尼卡住所遭纵火袭击,被迫搬至他所。除此以外,报道为零。这群已经挑起众怒的"无业游民"被彻底无视了。无论是警方记录还是调查分析报告,全然没有他们的身影,像隐身了一样。他们不过是卡萨莫尼卡罢了。那日出现在停尸房里的,不仅有"比塔洛",还有男孩的父亲埃内斯托·萨尼塔(Ernesto Sanità)。几年后,我在一间空房子里见到了埃内斯托。那间空房就在皮埃特拉塔附近的一栋工人居民楼里,坐落在皮耶尔·保罗·帕索利尼(Pier Paolo Pasolini)美化过的街道上。埃内斯托坐在沙发上,倚靠着一根棍子,环顾四周。他棕色的脸庞上挂着不修边幅的胡子,头戴一顶黑色的帽子,身穿一件白色的POLO衫。空荡荡的房间内堆满了家具搬运公司卸下的箱子,给这个寒酸、贫困的家带来了一丝温暖。他看着我,用沙哑的罗马方言说:"你准备做什么,要写一本关于那些人的书?那你必须讲述我的故事。但你得马上记下一点：我本人和卡萨莫尼卡家族并无过节，当他们闯入我的生活时，我也没有屈服，因为我不必为我儿子的罪过付出代价。"埃内斯托的儿子叫乔万尼（Giovanni），他就躺在停尸房的那张小床上，他死了。在罗马，如果你走错了路，没有人会拯救你，最终你将和罪恶纠缠在一起。正如在南方的土地上，个体命运被封印在没有安全网的荒野之中，当你跟跄跌倒时，别指望有任何依仗，更别指望有人会伸手接住你或扶你一把。在这个国家的一些地方，没有坦途，只有悬崖。所谓安全网是指例如学校、家庭、教会、协会、街道机构，以及那些你能学习和借鉴的场所。埃内斯托的养子乔万尼没有找到属于他的安全网，自他投向他的朋友卡萨莫尼卡起，他就一把火烧光了父亲为他铺好的未来，落入了没有出口的旋涡中，最终惨遭不测。你陷入卡萨莫尼卡的魔掌时，就别想找到出路。你将被奴役、被收买，背负起沉重的债务。无论你是诚实守信的商人，还是知名足球运动员、演员，或者是默默无闻的家庭主妇，甚至吸毒者、毒贩，这些都不重要。他们唯一关心的是如何将你转化为家族的附属品，捆绑住你的手脚，让你成为他们源源不断的资金来源。埃内斯托不清楚乔万尼是怎么与卡萨莫尼卡联系在一起的，但他清楚他的儿子陷入了一个怪圈，不仅烧光了每一项经济来源,还吞噬了所有亲近之人对他的感情和热爱。埃内斯托在妻子去世几年后,搬出了位于皮埃特拉塔的房子并把它留给了儿子乔万尼。他和儿子逐渐减少联系,关系渐渐疏远。乔万尼曾以工作为由,要求父亲把房子让给他住。但房子一到手,乔万尼就把它交给了卡萨莫尼卡。很快,埃内斯托了解到房子落入了卡萨莫尼卡家族手中。儿子告诉他,房子给了佩佩·卡萨莫尼卡。这个名字让整个图景都变得清晰起来。儿子葬礼当天所发生的事,证实了埃内斯托的猜测。他来到现场,那里尚无一人,直到一辆黑色的奔驰SUV汽车抵达。先下车的是司机,之后是比塔洛。

停尸房内,朱塞佩·卡萨莫尼卡走向埃内斯托。"我上前问他房子的事,他说之后会让我知道,但先得等一个来自美国的人。"比塔洛出现在那里固然是为了澄清事实,但最重要的是确定乔万尼正式死亡,据称后者欠了他30万欧元。这是一个天文数字,欠债原因不明。"朱塞佩走到近前,仔细查看死者是否确系乔万尼。"

埃内斯托失去了他的民用公房。在儿子的葬礼上,卡萨莫尼卡拜访了他。"我很清楚他们是谁,在罗马每个人都知道卡萨莫尼卡家族。"20世纪70年代,他甚至与这个家族中的一个人有过接触。"那是一个全然不同的时代,那个卡萨莫尼卡我后来再也没见过。当时,他常到我妻子摆摊的市场。我们的关系很融洽,但后来我们再也没有见过面。"多年以后,埃内斯托·萨尼塔发现自己竟无家可归,成了不公正现象的受害者,这让他难以接受。

儿子的葬礼结束后,埃内斯托并没有放弃。他前往富尔巴门区域与朱塞佩·卡萨莫尼卡进行交涉,但对方称,如果他再敢回那个家,就把他从窗口扔出去。最终,埃内斯托决定向警察局举报。到此故事并未结束。举报后几个月过去了,也没有半点动静,于是埃内斯托决定搬回他已经居住了30多年的房子。他清楚地记得那一天:"我带着一名工人从楼里接了根电线,把门锁换了以后,我就住进去了。我没有感到害怕,我为什么要害怕呢?我住进自己的房子,那是我的房子。"埃内斯托进入浴室,脱掉衣服洗了个澡。他坦然自若的样子仿佛那些年的被迫流亡从未发生。洗完澡后,他穿好衣服,关上门,走到街上。"我来到提伯提纳,在一张桌子前坐下,点了一杯咖啡。我远远地看到佩佩·卡萨莫尼卡和另外两个人正气势汹汹地赶来,就是出现在葬礼上的那个人。他质问道:'谁允许你到我的家里把锁换了?'"卡萨莫尼卡明确表示他有枪,并做出了拿枪的手势。

另一个人口头威胁埃内斯托:"我们会割断你的喉咙。"

埃内斯托站在卡萨莫尼卡和他的亲信面前。"我心想,'他们是怎么知道的?'我一句话都没说,把家门钥匙给了他们。之后,我又睡回了大街上。"他最终没能回到自己的家。是楼里一位居民通风报信,让比塔洛带着一众打手来到了埃内斯托的公房。埃内斯托还记得他所经历的一切。"我睡在街上,睡在提伯提纳的楼梯间,睡在鱼人①堆放的箱子附近。我会在身下垫一个纸箱,身上再盖一个,这样睡一晚。早上六点,我会起身到喷泉边上去冲洗。我还在台伯河边上睡过觉。哪里能睡就去哪里。"他这样一个无妻无子的孤苦伶仃之人,有家不能回。卡萨莫尼卡抢走了他的住所,毫无一丝怜悯与愧疚。

"我有什么想法?我还能说什么?我扪心自问,一辈子安分守己,为什么到老会落得这样的下场?到底为什么?"后来,埃内斯托在位于安齐奥的一个朋友家找到了住所,并结识了新伴侣,但始终没能回到自己的家。到最后,他也无法理解为何要忍受这样的虐待。"我儿子干的那些事和

---

① 指鱼贩。

我毫无关系,那是我的房子。"这是他不断重复的话。

2007年6月,埃内斯托鼓起勇气向警方举报了一切。让他又回想起往昔。他回忆起那段经历:"我去了圣伊波利托的警察局报案,受理的警察不断敲打着键盘,记录我所说的话。"埃内斯托并非英雄豪杰,他不过是个普通人,有缺点、有幻想、有自身局限,和你我一样,和所有人一样。他不过是想要回属于自己的房子,仅此而已。他并不希望向任何人开战。但到了迫不得已的时刻,他认为必须向国家求助。他也的确这样做了,但毫无效果。直到今天,他向警方做出的举报也没有带来真正的和平。"我无法理解,我的投诉为什么没有作用?为什么他们不感兴趣?我不知道。我去了好几次警察局,质问他们'难道你们什么行动也不采取吗?'他们总是回答'案件正在处理中'。"

"到了一定阶段,我免不了会想:'难道连警察也害怕卡萨莫尼卡吗?'"

国家弃之不顾。举报人的结局是露宿街头,以鱼箱为床。在罗马,在这个神奇的一国之都,向克莫拉和黑手党宣战的机会一次次被浪费,而有胆量反抗之人只能蜷缩在楼梯间,寒宿于纸板箱中。埃内斯托甚至还去找了那栋居民楼的管理机构讨说法。"那些卡萨莫尼卡甚至获得了居住权，在楼下能看到寄给圭里诺·卡萨莫尼卡①的信件。但他们怎么能是居民？我应该找谁投诉？这个房子的合法居住权是我的，不是他们的。我曾经跑到民用住宅土地管理机构向他们提出质问，但获得的答复是，我妻子去世后，我没有办理过户手续，所以房子不在我的名下。"这个被"无业游民"占据的地盘简直是个荒诞的闹市。

埃内斯托的故事最终出现在将朱塞佩·卡萨莫尼卡送入监狱的那份调查文件中。该项调查即2018年7月展开的"格拉米纳"行动。埃内斯托的证词完完全全得到印证。事实上，自2010年起，圭里诺·卡萨莫尼卡就持有那间公寓的电力合同。自2009年起，马诺洛·卡萨莫尼卡（Manolo Casamonica）的妹妹塔玛拉·阿切蒂（Tamara Aceti）就一直住在那间公寓里，她也习惯了娇生惯养的生活。在2008年，她与朱塞佩·卡萨莫尼卡共同乘坐一辆型号为f430的法拉利汽车，前往撒丁岛度假，行驶途中被警方拦下。自2012年起，该所公寓的另一位居住者是孔切塔·卡萨莫尼卡（Concetta Casamonica），她是圭里诺的妹妹、"比塔洛"朱塞佩·卡萨莫尼卡的女儿。然而，根据市政警察的说法，

---

① 朱塞佩的儿子。

该公寓自 2013 年以来一直无人居住。检察院对此否认，写道："事实可以肯定，该公寓目前由圭里诺·卡萨莫尼卡使用。"此外，检察院报告中也专门提到了那份丢失的、被忽视的、已经发黄的投诉信。"值得一提的是，"检察官写道，"圣伊波利托警察局进行深入调查后发现，该项投诉的确被记录进了信息共享系统，但从未受理，即没有展开调查活动，也没有起草犯罪行为报告上交检察院。所记录的投诉内容也令人费解，因为'既没有提到卡萨莫尼卡侵占房屋的事实，也没有提到作为实施敲诈的借口的债务（确为高利贷）'。"此外，该投诉"包含一系列不准确信息"，令人咋舌。国家机关对朱塞佩·卡萨莫尼卡的控诉，在他成为家族首领长达 11 年后姗姗来迟，并且其罪名被削减至仅触犯律法第 14 条第 2 项，之后又彻底被遗忘了。法官加斯帕雷·斯图尔佐在回应检察官请求中写道："对朱塞佩·卡萨莫尼卡的有利判罚引发了合理怀疑，表明黑手党力量无处不在，某些公职可能存在腐败嫌疑，必须在单一背景下对该家族的领地控制进行评估。"初审法院所说的"某些公职人员可能存在腐败嫌疑"的情况就出现在埃内斯托案件中，也出现在我们迄今所述的其他事件中。如果没有公职人员的纵容恶行、掩盖真相和粉饰淡化犯罪行径，任何一个家族群体都不可能如此长久地维持有罪不罚的状态。这些故事让人想起卡萨莫尼卡的人生导师、前任宪兵恩里科·尼科莱蒂。

在权威机构对犯罪行为的关注度极低的情况下，最受难的就是穷人，而埃内斯托并非独一个。在罗马省奥斯蒂亚市，与卡萨莫尼卡家族存在亲属关系的斯帕达家族十分猖獗，其专门涉足领域就有社会群体住房。同样的情况也发生在罗马市，不仅是市政房屋，就连拉齐奥大区的民用住宅土地管理机构所管理的房屋也是如此。对社会住房的控制是这些犯罪组织的显著特征之一，从而保障"领地驻扎"，以开展非法活动和实现社会共识。以罗马市民用住宅土地管理机构为例，该机构管理着大约4.8万个住房单元，容纳了15万人，是一个城中之城。目前，这些住房单元中有6497处为非法占用房屋，居住在此的居民并无合法使用权，约占总数的13.5%。需要指出的是，这个数字包括失去住房条件者、不符合购房规定者，也包括黑社会成员。多年来，黑帮家族长期活跃于这个蓬勃发展的市场。该机构一名官员说："一共有数百户住房，涉及的家族姓氏在罗马众所周知。这些住房或被当作储藏室，或被当作毒品窝藏点。这些情况已成为社会共识。"2017年共收回270套房子，但这仅仅是沧海一粟。

事实上，卡萨莫尼卡、迪西尔维奥和斯帕达家族继续控制着几十个住房单元。2016年，民用住宅土地管理机构的前任专员乔万尼·坦布里诺（Giovanni Tamburino）表示有40套住宅，该数据包括了迪西尔维奥、斯帕达等相关家族控制的房屋。如今，据保持统计仍有约30套住宅，但这个数据还仅仅是指来自上面这几个家族的居民。在该市的某些地区，居住人员由家族随意决定，一是为了确保一切处于他们的控制之下，二是为了加强毒品交易的组织协调。由巴尔达萨雷·法瓦拉（Baldassare Favara）主持的地区委员会有关黑手党渗透问题的最新年度报告中，也提出了这个问题。重新阅读该报告，我发现了令人不安的一面。首先是枪击膝盖骨。2015—2016年，在土地管理机构管辖的楼房附近至少发生了3起枪击膝盖骨事件，原因尚待查明。此外，还出现了以藏匿毒品为目的蓄意破坏公共建筑的行为。一些情况下，电梯被破坏并卡在两层楼中间，以便在电梯里存放毒品，警察突击检查时也无法确定责任人。时任专员坦布里诺坦言："这类事时有发生，比如地窖被占用也是出于匿藏毒品甚至武器的目的。"毒品控制固然是主因，但社会共识性纵容也是成因。这名前任专员总结道："这是通过对楼房整体或部分区域的非法控制而形成的统治,是一种领土性统治,是法律愈加难以干涉的治外法权。"因此,在这些领土上,公认的权力是非法犯罪权力,国家权力日益成为无用的摆设。

在宪兵队的不懈努力下,埃内斯托终于回到了自己的家。在接受采访时,他正坐在沙发上喝着我从楼下咖啡吧里买来的咖啡。"我赢回了我的家,这里有我的一生。"对于往事,他尚未释怀,"我有一个伤口还没有愈合。家代表了一切,头上有屋顶,你就会心生幸福。"我问他是否有过恐惧,他说:"不,我从没害怕过,即使他们向我开枪,我也不怕。这对他们来说值得吗?"听完整个故事我不禁询问,"你是怎么做到不害怕的呢?"埃内斯托直视着我说:"我也不知道是怎么做到的。我只知道,这个家就是我的。"他不想挑战任何权威,但他也没有低下头颅。"卡萨莫尼卡?他们的爪牙触及每个角落,无处不在。许多人成了黑手党,我不想触犯他们,但这个家就是属于我的。"等过了几个月,埃内斯托已经摆脱了一众摄影师的包围,我盘算着他应该正式搬进曾经的家了,于是给他打了个电话,但他愣了一下说:"我还没彻底搬进去呢,他们忘记给我接电源了。明天我还得去民用住宅土地管理机构的地区办公室。"每次事件在尘埃落定前就有媒体过早干预，成为每一次的风险，也让公民一次次失去信念。

与卡萨莫尼卡建立联系就意味着在该家族面前低头臣服，成为顺从他们的附属品。

"拥有臣民是卡萨莫尼卡的一大优势。卡萨莫尼卡坐拥一支庞大的军队，不打着家族名号，也不是家族成员，这是卡萨莫尼卡真正的力量，却无人提及。"一名年轻人向我们讲述了这个家族手下的士兵们。他对这个黑夜世界甚为了解，熟悉卡萨莫尼卡家族及其附属和运作方式。那是一个傍晚，是那种罗马式愉悦的傍晚，这座川流不息的城市似乎都变得颇为寻常甚至可爱，尤其在摩托车上飞速前行，你会感到无往不胜。我坐在酒吧的一张桌子旁，等待这名年轻人到来。他带着一包烟和一个印有罗马徽章的打火机出现了。"我能说什么呢，他们占领了大片街区，从斯皮纳切托到圣巴西利奥，从罗马尼纳到圣乔万尼。眼下没有的地盘，不久也会纳入掌中，卡萨莫尼卡的爪牙布满全城。我认识这些人，和他们说过话，但也和深受他们毒害的'臣民们'有过交谈。"他称这些依附者为臣民，是有原因的。家族网络中的许多年轻人就是从吸食毒品开始，在日后变成了为家族卖命的毒贩子。"卡萨莫尼卡、斯帕达这些家族不希望你成为一个独立经营的毒贩，而要臣服于他们、为其卖命、任其处置。他们会给你打电话，向你提供售价高达 3000 欧元的毒品。如果你没有这么多钱，就会被诱入黑暗的旋涡：从那刻起，你的身份将永远是一个任其宰割的毒贩，既是卡萨莫尼卡的受害者，也是他们的臣民。""假设你有这些钱呢？""他们会让你变得没钱，不断卖给你更多毒品。要想走出卡萨莫尼卡的家门，你必须身带毒品和欠着债，他们由此发展和掌控了好几拨年轻人。"除此以外，没有其他理由可以解释如此高的业务量。成为司法合作人的马西米利亚诺·法扎里告诉调查人员："帕斯夸莱·卡萨莫尼卡，也就是洛基，负责家族的可卡因零售业务。他告诉我，每个月能像流水一样卖出两到三千克可卡因。如果连零售每月都能卖出两千克，那么负责定向批发业务的萨尔瓦托雷经手的交易量要远高于此。"为实现该目标，他们用的人都是对家族规矩无比顺从的棋子。

别名为"奇奇洛"的奥塔维奥·斯帕达在电话中对一个欠债 50 欧元的毒贩说："别想着和人哭诉你的遭遇。"卡萨莫尼卡对无法按时还钱的棋子实施暴力，每天都在发生。奇奇洛在另一条短信中补充道："你就好好向死神祈祷，别让我遇到你，否则我会给你一顿教训。"奇奇洛在短信和电话中的恐吓过于直白，违背了卡萨莫尼卡的一个特点，即表面装作平和无事、善解人意。他们在电话中传递威胁时，总带着微微抱怨的语气，几乎像是在乞求对方快点还钱，好让他们早日脱离困境。通过这种方式，他们暂时掩盖了实际的危险程度，拖延到面对面的场合，才彻底宣泄和展现出残暴的一面。卡萨莫尼卡的技巧是他们不会在言语上表现得特别强势，更注重通过摆出家族姓氏，在心理层面攻破受害者的防线，将后者降格为手无缚鸡之力的臣民。"他们总是做出希腊悲剧一样哭哭啼啼的样子……反正吉卜赛人就是这样……哪怕身上有1000万欧元，他们也会声称在挨饿。他们总是这样叽叽歪歪，说自己面临穷途末路、食不果腹，但这些都是佯装的戏码罢了。"司法合作人马西米利亚诺·法扎里如是说。他们通过自我贬低降低自身在司法调查中的重要性，这是"无业游民"的手段之一。逃避司法调查的另一种方式，是在地方方言里掺杂罗姆语和辛提语，这个方法屡试不爽。

转行的口译员

卡萨莫尼卡、迪西尔维奥、斯帕达、恰雷利……在这长长一串的意大利"吉卜赛"家族名单中,有一个显著的共同特征:使用原籍语言。语言独特性在他们的业务、人际关系(尤其是犯罪行为的掩人耳目)上起到了不可或缺的作用。辛提语与方言交叉使用,就能成为一种只有少数人才能解码的神秘语言。

"无业游民"在罗马土生土长,却一口异乡话。当黑手党组织被指控时,就像在"格拉米纳"行动中那样,会出现两方面问题。一方面,检方判定该团伙属于罗马本土犯罪组织,在当地具备根基,具备地域性特点;但另一方面,该族语言具有异质性,使其归为外国犯罪组织。一名调查员表示:"我们遭遇的一大棘手问题,是他们的语言很难翻译,经常和地方方言交叉。辛提人的原始罗曼语与阿布鲁佐方言或罗马方言混合在一起,使他们的对话成了谜,难以理解。"事实证明,正是这一点与家族主义(该血统的另一个独特特征)一起构成了最主要的调查难点。证人德博拉·切雷奥尼对此予以证实:"卡萨莫尼卡确信没有人能听懂他们的方言,因此他们在电话和日常交谈中能畅所欲言。"哪怕在雷比比亚监狱,家族的人也能轻而易举地传递出消息。德博拉继续说道:"卡萨莫尼卡家人深信他们的族语没人听得懂,因此说话毫无顾忌。另外,在雷比比亚监狱，家族成员往往选在绿色区域和孩子们当面交谈，因为在那儿没有被监听的风险。"绿色区域可谓是这群黑帮教父的风水宝地，至少在彻底被关进重刑犯监狱之前确是如此。卡萨莫尼卡家人在说"罗马语"时会面临风险：他们虽然是罗马人，但选择讲原籍语言来混淆视听、掩盖身份。因此，他们用"语言"交流时，就像说密码一样，几乎难以破译。但是，当他们必须和外族人（也就是非吉卜赛人）对话时，就只能说意大利语。事实上，卡萨莫尼卡家人和非罗姆人的监听录音，也被用在法庭诉讼中。

照理说，语言障碍可以通过口译员来解决，但问题正出在这里。2018年7月"格拉米纳"行动中只找到一名口译员，她也不断遭到威胁，无法在平静状态下安心工作，最后只能翻译出部分对话。所有关于卡萨莫尼卡、斯帕达、恰雷利、迪西尔维奥家族的相关调查，皆是如此。

口译员就像保险箱的钥匙，以此来打开宗族堡垒的大门，揭露一切秘事。但在意大利，人们善于扔掉钥匙，焚毁一切可能性。事实上，不论是辛提语的口译员，还是其他语言的口译员，都长期处于不稳定的状态中，最主要的因素在于缺乏行业安全感。翻译行业的协会主席弗拉维亚·卡恰利（Flavia Caciagli）表示："与其他欧洲同行相比，我们不仅工资很低，更重要的是工作条件令人难以接受。没有合同，只能按小时计费，缺乏保障。参与卡萨莫尼卡审判的口译员只能和其他人员进出同一个门口，桌上也会照常放上他们的名卡。简单说来，这些操作将他们公开置于家族成员的摆布之下。"

这种情况已经持续多年，即便在意大利的外国吉卜赛黑手党数量不断增加、地位愈加稳固，罗马当局也并不为此动容。卡恰利总结道："我们只是要求匿名权和受到保护，让我们能安心进行翻译工作。"翻开吉卜赛黑手党的审判史，清楚记录着那些为了几欧元薪资而冒着生命危险的口译人员的逃亡情况。

"我们找不到译员。"这位不愿透露姓名的调查员继续说道，"在一次卡萨莫尼卡调查中，我们找到了一个懂吉卜赛语的女孩，但她只坚持了很短的时间，最后能幸存也是奇迹。这是一道不可逾越的鸿沟。"这个女孩的经历简直是人间悲剧：她与丈夫通过罗姆仪式结合，在被发现参与黑手党调查后，她受尽丈夫的虐待和折磨，最终被扔进了垃圾桶。幸运的是，安玛公司（罗马的垃圾处理机构）的垃圾收集员将垃圾倒进卡车前在垃圾桶里发现了她，这才使她免于被垃圾车绞碎的命运。"口译员是被国家糟践的金子。

其中,我有幸与过去几年曾负责翻译"无业游民"的一名译员取得联系,他的假名叫乔万尼。

"他们首先是吉卜赛人,其中一部分人成了黑手党。黑手党的一面是后来才发展出来的。为了钱,他们不择手段。"乔万尼从事罗姆语和辛提语翻译工作。

"我已经做了近10年的口译员。我也碰巧拒绝了这个任务,我根本没去法庭,哪怕传唤我也不去,那是冒生命危险的任务。当我出庭的时候,我会要求别摆出我的名字,并且把住所地址写成军营。"乔万尼的工作处于绝对保密的状态。

"我的亲戚不知道我的工作是什么,我背叛了我的同胞。"乔万尼曾在一次对"无业游民"的审判中担任口译,"我再也不做了,我很害怕,你不会想要处于这种紧张的状态。工作不稳定,有时找你去,有时又不找你了,你自己还得承担巨大的人身风险,导致晚上睡不好觉。那些家族的人呼风唤雨,无所不能。如果我被发现了,他们会杀了我。他们会先对我进行罗姆式审判,然后把我杀了!"遵循罗姆人的仪式,遵循对黄金的崇拜,这就是"无业游民"的生活。

口译员乔万尼非常熟悉罗姆人和辛提人的世界,他了解那个世界里的优秀文化和美好的一面,也亲眼见过离开那个世界做出其他选择的人,他们是压迫与犯罪的混合产物。卡萨莫尼卡家人立足于传统与文化,立足于他们的根脉,但与此同时,他们把自己投射到其他宇宙中,感受自身的独特性,释放自我,他们对权力和奢侈的渴望让他们显得与众不同。"他们的内在身份首先是吉卜赛人,之后才在举止和态度上成了黑手党人。""那么吉卜赛人究竟是怎样一个群体?""像我这样的普通吉卜赛人,我们在一个大家庭中生活,对老一辈人非常尊重,最年长者是一家之首,这一点也体现在卡萨莫尼卡家族里。吉卜赛人疼爱小辈,并且对一些价值观非常重视。首先,不能偷窃同族其他人的财产,不能伤害其他人,禁止暴力、侮辱与通奸。""如果违反了这些,会怎么样?""那就得去找家族长老和智者,向他们提出你的不满和质疑,请求他们主持家族审判。"乔万尼介绍了罗姆式审判,他和工会一样,是社区生活的中心点:"在审判中,被告和原告必须面对面站在全族面前。判决在一个公开的法庭上进行,有双方亲属、主持人和主审法官在场。"审判过程没有任何证据和线索,全靠临时组成"法官"团体做出判决。参与黑手党调查的口译员惧怕被暴露身份,惧怕在罗姆式审判下被执行死刑,惧怕无路可走。"甚至连我的父母都不知道我从事什么工作。"口译员的生活处境很复杂，国家没有对他们的作用予以认可，导致外国黑手党获得了可以隐身的强大工具——语言。

卡萨莫尼卡家族所获得的强大力量，渗透并愈加强化了吉卜赛文化的某些鲜明特质。这就不难理解他们对黄金的热衷从何而来。口译员解释道，背后是简单且事实性的原因。

"黄金是跨越国界的国际货币。对于云游四海的游牧民族来说，拥有黄金意味着能抵达世界的任何一个角落。因此，黄金最初对卡萨莫尼卡而言是一种必需品，如今成为一种炫耀和彰显地位的资本。卡萨莫尼卡家人梦想获得他们从未拥有的身份——领主。他们说：'我有钱有势，就必须拥有金杯、金戒指、金项链。'"黄金是家族的一切，最初用于易物，现在为了获得自豪感与肯定。他们还将大量黄金用作流动资金。在首都一家银行支行工作的一名职员讲述说，卡萨莫尼卡家族的人曾去那里典当黄金。"他们通常戴着皇冠，有一次他们系着嵌有比索币[①]的金腰带出现，那些硬币金光闪闪。"

黄金、女人和马匹所给予的力量，让他们一步步登上

---

① 比索币也称西班牙银圆，主要在前西班牙与其殖民地国家使用的一种货币。

犯罪圣山。

这也是他们热爱劳力士手表的原因,那是另一个与众不同的标志。有一个细节必须注意,这一细节可以提升一下他们长期以来的肤浅形象:卡萨莫尼卡家人所热爱的每一样事物,既具有提升社会地位的作用,也具有辅助犯罪的实际价值。良马、豪车能为他们进行洗钱和其他犯罪交易打掩护,女人和毒品能招揽生意和确立统治,那劳力士的作用是什么?

一块名贵的手表除了能带他们通向社会和城市的任何地方,无论是名流沙龙抑或权贵会所,还能帮他们把赃钱洗净,免遭警方追查,掩盖绑架勒索行为。多年以来,卡萨莫尼卡已经成为吉卜赛人的代名词。

"我从不愁钱……这就是钱的好处。"电话中,圭里诺·卡萨莫尼卡和一位朋友这样说道。他谈及劳力士和奢侈品的作用——抬高社会地位和进行不贬值投资,还说"我表弟有15块名表"。

在卡萨莫尼卡家人的脸书和Instagram[①]上,好几十张照片都在炫富,不仅如此,这更是他们在赤裸裸地公开炫

[①] 一款免费提供在线图片及视频分享的社群应用软件,于2010年10月发布。——译者注

耀所享受的犯罪和有罪不罚的优越。

其中一张照片颇具代表性，照片中的五只手腕上各有一块劳力士手表。发布该照片的奇奇洛·斯帕达在下方评论："这是我们的周六夜晚。"奇奇洛的真名为奥塔维奥·斯帕达，目前正在接受于2018年7月启动的"格拉米纳"行动的调查。另外几只手腕的主人是帕斯夸莱、马西米利亚诺、埃马努埃尔和圭里诺。他们都是没有工作收入的无业游民。对此，证人德博拉·切雷奥尼说："他们甚至都不假装一副有工作的样子。"但他们仍毫无顾忌地在手腕上佩戴奢侈品，炫耀财富和地位。劳力士手表也是家族婚礼等场合的寻常礼物，正如熟悉他们的人所说："你必须携带沉甸甸的黄金礼物现身，否则他们会不高兴。"这些是荣耀的夜晚，是鸡尾酒和曼妙音乐的夜晚。在灯光的映衬下，族王维托里奥·卡萨莫尼卡的生活呈现在我们的眼前，交织着暴力和现代元素。他对音乐的热情贯穿了一生，从出生延续至死亡。

歌与友

当那不勒斯新旋律歌手唱着《一切全假》(*Nun è over niente*)时,卡萨莫尼卡家人围绕着他曼舞,他们骄傲的神情、颇有气势的样子令人难忘。这场家族宴会的视频在 YouTube 上获得了惊人的浏览量。在这样的场合有钻石、黄金、盛宴、音乐,每个元素都必不可少。音乐也必须是那不勒斯新旋律。金碧辉煌的宴会厅内,毛罗·纳尔迪(Mauro Nardi)和马诺洛·卡萨莫尼卡在舞台上奉上了一场吸睛的精彩表演。当他们歌唱时,耀眼的闪光灯照亮他们的面庞,前方簇拥着不朽帝国的听众。他们站在舞台最前方,中间是管弦乐队,背后是家族的两个女人,她们手持小型摄像机不停拍摄着。

这是卡萨莫尼卡和斯帕达家族的盛会。

事实上，当两人的歌唱表演进行时，身后站着家族男人们。他们张开手臂拥抱马诺洛，拥抱着新旋律音乐。他们自豪欣喜地看向镜头。闪光灯，咔嚓一声，下一个镜头。"我一直在等待，两年来我每晚都在梦想自由。"马诺洛唱着唱着闭上了双眼，仿佛与世界隔绝，画面定格在这一瞬间，他皱着眉头，一只手掩盖脸庞，衬衫也跟着向上提了一截，他张开嘴急切地发声。他解释说，这是一首解放的歌曲，正如数百首同类型的歌曲一样，讲述着遭监禁、被剥夺自由的顽固罪犯在不眠之夜做着逃离监狱的美梦。马诺洛为他歌唱的梦想做出过努力，但这份热情注定要被他的姓氏扼杀，任何谈话类和娱乐节目都将他拒之门外。这个家族里梦想破灭的不仅是他一人。

话说回来，为什么卡萨莫尼卡家人热爱新旋律？

司法合作人马西米利亚诺·法扎里解释说："这是他们在向那不勒斯人学样，想成为那不勒斯人。那不勒斯人地位更高，拥有悠久历史，受到尊崇，因此卡萨莫尼卡家人向他们靠拢并吸收他们的风格。无论在舞会上、在家里，还是在开车时或在楼下小巷里，卡萨莫尼卡家人听的都是那不勒斯新旋律的歌曲。歌声久久飘荡在街道上，直到深夜。"

他们常以贩运交易为目的前往那不勒斯，还将当地的庆祝方式带回了罗马。

法扎里回忆说："当时警方逮捕了家族一名犯罪成员，而另外一人替他顶了罪。得到消息的时候，我就在那里，富尔巴门的巷子里喇叭、欢呼和掌声响成一片。我心想：'看看这些人。'他们采取的庆祝方式非常引人注目。在我的家乡，大家会找些合适的人一起订一张桌子进行庆祝。"仔细想来，在小巷子里庆祝的行为令人不禁联想起克莫拉家族的习俗。长久以来，卡萨莫尼卡家族一直与那不勒斯和克莫拉家族有渊源。事实上，将"族王"维托里奥带入墓地的那家葬礼公司便是来自那不勒斯。公司名叫埃雷迪·切萨拉诺，在 2018 年 11 月收到一份反黑手党的拦截令，是一项禁止该公司与国家公共行政部门接触的区级预防措施。该文件重构了坎帕尼亚犯罪网络中的主要家族和相互关联。一方面，文件提到了那不勒斯检察院对 1960 年出生的阿方索·切萨拉诺所展开的调查，据信他与波尔维利诺（Polverino）家族有关，更早前还与那不勒斯黑手党组织努沃莱塔家族有关联。另一名阿方索·切萨拉诺生于 1958 年，据那不勒斯地方法官调查，他将位于斯塔比亚城堡的欧罗巴酒店交给了达历桑德罗（D'Alessandro）家族使用。就这样，这家一手操办维托里奥葬礼的公司将在一段时间内停止和公共管理部门打交道，但卡萨莫尼卡家族有不少来自那不勒斯的朋友。

卡萨莫尼卡与马扎雷拉（Mazzarella）家族有悠远的历史友谊，后者的势力范围在拉齐奥沿岸地区。在罗马说起那不勒斯人，人们最先想到的或许就是别名为"疯子"（'o pazzo）的米凯莱·塞内塞。他与卡萨莫尼卡家族关系甚好，是首都的毒枭之一。尽管罪孽深重，但他只是被关在位于蒙特卢波·菲奥伦蒂诺的司法庇护所而已。他在那儿结识了马利亚纳团伙成员爱德华多·托斯卡诺（Edoardo Toscano），由此与那不勒斯省阿夫拉戈拉的霸权组织、克莫拉的强大分支莫西亚家族建立了联系。塞内塞与新家族[①]的关系十分紧密，因此被派去罗马消灭库托洛领导下的新克莫拉成员。在首都，他结识了众多重要人物，其中大部分已在前文出现过，例如恩里科·尼科莱蒂、坎代洛罗·帕雷洛、法布里齐奥·皮斯蒂利（Fabrizio Piscitelli）、多梅尼科·帕尼奥齐、卡尔米内·法夏尼，当然还有卡萨

---

① 新家族即"那不勒斯兄弟会"（Fratellanza Napoletana），是一个成立于20世纪70年代末的克莫拉组织分支，以对抗拉斐尔·库托洛领导的新克莫拉组织。——译者注

莫尼卡家族，尤其是圭里诺。①他始终没有失去人身自由，这要归功于他的法医检查结果，强调他患有所谓的精神障碍，这也是克莫拉、马利亚纳等黑手党首领们的常用借口，以逃避监狱生活。有一次，在雷比比亚监狱的一次谈话中，塞内塞说道："我出狱后想去德国……去那里做什么？我有退休金，我可以过上平静的生活，每天散散步……没，我没有学过德语，但有一天早上，我睡醒就会说德语了。"装疯卖傻让塞内塞保住了自由身，直到 2013 年才因谋杀罪罪名被关进重刑犯监狱。在利沃诺的监狱内，他与马西米利亚诺·卡萨莫尼卡结识。据德博拉·切雷奥尼说，他从此成为大宗毒品交易中的关键联系人。

甚至强大的卡萨雷西（Casalesi）家族也与"无业游民"有过交集。昔日的卡萨雷西家族老大、如今的司法合作人达里奥·德西莫内（Dario De Simone）回忆道："我们与'吉卜赛人'向来井水不犯河水，但他们已经在罗马扎根了 10 多年。"②他回忆起和卡萨莫尼卡家人共进的一次午餐，别名为"疯子"的毒枭米凯莱·塞内塞也在场。我们在

---

① 罗马警察总署，律法第 41 条第 2 项信息适用性报告，信息科于 2015 年 10 月 2 日提交，由科室主任保拉·沃尔塔（Paolo Volta）签署。
② 出自本书作者于 2018 年 8 月 5 日进行的纪念性访问。

前文已经介绍过塞内塞,他因在法庭诉讼中装疯卖傻而闻名,这是罗马很多人物和犯罪界大佬都使用的伎俩。事实上,塞内塞的故事的确让人联想起不少卡萨莫尼卡和首都的其他犯罪头目。

达里奥·德西莫内说:"那次午餐会上有我和一个同伴,还有米凯莱·塞内塞和一个卡萨莫尼卡,我们聊着感兴趣的话题。"是"疯子"让吉卜赛人陪着一起来的,西莫内无奈地耸了耸肩,他深知"无业游民"家族的分量。

但卡萨莫尼卡与克莫拉的关系并不限于此。

德博拉·切雷奥尼讲述了"比塔洛"朱塞佩·卡萨莫尼卡和"萨萨"萨尔瓦托雷·埃斯波西托(Salvatore Esposito)的友谊。萨尔瓦托雷·埃斯波西托曾说起过他与卡萨莫尼卡家族的深层关系。埃斯波西托的父亲是路易吉(Luigi),人称"纳凯拉"(Nacchella)。路易吉是已故的、别名为"猴子"的真纳罗·利恰尔迪(Gennaro Licciardi)的左膀右臂。后者是贩毒大王之一,也是坎帕尼亚大区最强大的犯罪组织塞孔蒂利亚诺联盟的主要头目。而纳凯拉本人也是最危险的逃犯之一,最后在返回罗马的游轮上被捕。

2018年初,萨尔瓦托雷·埃斯波西托锒铛入狱:他经营着圣巴西利奥的毒品市场,他手下的毒贩们在手臂上文着他的姓名首字母，以示忠心。他和兄弟共同生活，他们的住所并不在罗马郊区的公寓楼里，而是位于罗马富人区中心地带的帕里奥利。埃斯波西托一家之所以会来罗马，是因为家族头目纳凯拉和作为罗马大佬之一的米凯莱·塞内塞达成的协议。埃斯波西托还加强了和人称"切卡多"的马西莫·卡米纳蒂的关系。埃斯波西托在父亲的养老院结识了塞内塞，纳凯拉住在米尔维奥桥地区，他们在那儿利用阿尔巴尼亚帮派作为自己的武装力量。就这样，塞内塞、埃斯波西托与朱塞佩和家族其他人成了朋友。即便某人在罗马人脉再广，都少不了要和卡萨莫尼卡打交道。而在圣巴西利奥，埃斯波西托与卡萨莫尼卡家族的关系得到了进一步加强。缺毒品的时候，也得通过罗马人的渠道拿货。司法合作人法扎里说："当时，阿尔巴尼亚人和卡洛·莫雷蒂（Carlo Moretti）以及我都没有。"他指的是毒品渠道。莫雷蒂，别名"王子"，曾因毒品和抢劫被定罪，主要活跃于圭多尼亚和蒂沃利地区，与光荣会母族关系密切。他于2014年受到警方调查，针对一批从吉奥亚陶罗运至罗马的毒品，那是他和尼尔塔帮派成员共同与斯特兰吉奥（Strangio）家族进行的一笔交易。该家族与卡萨莫尼卡家族关系非常密切。莫雷蒂在位于夸德拉罗地区的家族地盘上被捕，当时他正和女友手牵着手。莫雷蒂与光荣会的关系极为重要，不仅能提升自身声望，最重要的是为了购买毒品和做生意。虽说有些部族因为卡萨莫尼卡家族的吉卜赛出身而轻视他们，但卡萨莫尼卡并不低人一等。正如达里奥·德西莫内向我袒露的那样，有一条黄金法则：生意场上，不问出处。

金钱和可靠性都很重要。但根据监听信息，我们发现在犯罪策略的制定上，这一原则的重要性被削弱了。保罗·温琴佐·德利亚（Paolo Vincenzo D'Elia），人称"保罗阁下"（Don Paolo），被指从属于权势极强的皮罗马利家族。该家族在卡拉布里亚大区、罗马、伦巴第大区和美国都有商业活动。他在电话中谈到了与卡萨莫尼卡家族的渊源。尽管他最初对卡萨莫尼卡家族并不信任，但还是对他们进行拜访并做自我介绍，再后来"他们给我带来了马车和一切，你们无法想象"。[①] 卡萨莫尼卡家族当时已经对保罗的关系背景摸过底。卡萨莫尼卡与皮罗马利家族的关联也会出现在另一个事件中。

罗科·卡萨莫尼卡对彼得罗·达德斯（Pietro D'Ardes）的

---

① 根据法院命令，"普罗维登斯"行动于 2017 年 1 月 26 日在雷焦卡拉布里亚展开。

活动保持密切关注。后者是一名企业家,曾任罗马劳动合作社主席及劳动监察主任,有计划收购吉奥亚陶罗港口地区的一个合作社。保罗和皮得罗最终被卷入了代号为"百年"的司法调查,但卡萨莫尼卡家族并未被卷入。卡拉布里亚的司法调查与罗马的调查交织在一起,试图揭露罗科的商业活动,他最终被判定犯有贩毒罪。

2006—2009年,当达德斯在拉齐奥大区和卡拉布里亚大区之间自由来去,先后通过与阿尔瓦罗家族和强大的皮罗马利家族的关系得到了合作社。他的出行同伴便是罗科·卡萨莫尼卡,罗科当时任职于达德斯的一家合作社,处于试用期。然而调查人员发现,那份工作并无实质内容,仅仅是罗科的"合法性"掩护,让他得以追踪达德斯在卡拉布里亚的活动细节。这是卡萨莫尼卡家族律师朱塞佩·曼奇尼建议实施的行动,曼奇尼后来在调查中被捕。

这项行动的背景是缘于一起杀人案,即罗科·莫雷(Rocco Molè)凶杀案,至今仍未破案。根据种种线索,警方只能明确一个结论:该案件与接管劳动合作社存在关联,除此以外,有关涉案人员和犯罪责任等方面都没有答案。

最后,达德斯被判处有期徒刑11年,而曼奇尼则被判处有期徒刑9年6个月。

调查中有一个细节值得关注：司法判决中采用不冷不热的缓刑，这是对家族的恩惠之举。正如前文所述，盖索米娜·迪西尔维奥也指出过，一些参与劳改的机构会向卡萨莫尼卡家族的服刑人员提供完全的行动自由。罗马一家公立机构的一名前任经理表示："一些机构以罪犯劳动改造的名义，允许卡萨莫尼卡家族的服刑人员参与废弃物管理和监督工作，以便将其纳入公共事业的供应商之列。"许多公司业绩斐然，但在对某些公司的数据排查中发现了"无业游民"的身影。比如，罗马市安玛废物管理公司的垃圾收集业务多年来一直由埃德拉（Edera）合作社代理。有多位卡萨莫尼卡成员曾在埃德拉工作过，例如2005—2006年是别名为"林戈"的恩里科。2015年，该公司还收到了反黑手党拦截令，最终被纳入"黑手党之都"的网络。该组织由马西莫·卡米纳蒂和萨尔瓦托雷·布齐领导。意大利国家反贪局对埃德拉公司进行了特殊部署，但后者坚称，自身是合作社的连带受害方，与司法调查毫无干系。另外值得一提的是，2007年，意大利首家罗姆族妇女合作社在罗马成立，为居住在罗马的罗姆人和辛提人签订劳动合同。该合作社名为巴克斯塔洛·德罗姆（Baxtalo Drom），被视为罗马的先进之举。共同推出该倡议的还有来自富尔巴门的孔切塔·卡萨莫尼卡。该合作社的办事处设立在卡比托利欧广场①的阿拉兹大厅内。

巴克斯塔洛合作社社长米瓦拉·米克莱斯古（Mioara Miclescu）虽然没有被卷入调查，但还是被参议院传唤，要求就提供过的社区衣物熨烫服务以及该社于2011年濒临倒闭的情况进行说明，共和国电视频道播出的纪录片也对此有所报道。合作社的首份合同是与罗马市社会服务部门签订的，合同要求巴克斯塔洛合作社的女性雇员为一家养老院提供衣物清洗和熨烫服务。

令人遗憾的是，这家公司在积极的名义下诞生，却以并不光鲜的形式潦草收场。根据宪兵队透露，巴克斯塔洛合作社"服务于卡萨莫尼卡家族的各项极端需求"。②合作社创始人中有迪西尔维奥家族的鲁比娜（Rubina）和玛法尔达（Mafalda），二人分别是"奇奇洛"奥塔维奥·斯帕达（就是那个拥有一堆劳力士手表的奇奇洛）的母亲和他同父异母的姐姐。马西米利亚诺·卡萨莫尼卡也在合作社工作过，空挂了一个虚职，是"为了满足根据2015年9月28日

---

① 位于罗马市卡比托利欧山上。——译者注
② 出自"格拉米纳"行动。

生效的司法要求，在获释后必须找到稳定工作和住所，并同意接受特殊监视"。该合作社还雇用了他的妹妹安东涅塔·卡萨莫尼卡，因为她需要有合法工资入账才能将资产签署到名下，从而逃避扣押。这个合作社的名声被卡萨莫尼卡家族糟蹋。安东涅塔在2018年7月的突击检查中被捕入狱。据调查人员称，该合作社属于卡萨莫尼卡家族。建立这个合作社，作为卡萨莫尼卡家族做过的最大善事，看来还有待司法调查结果的正式公布才能做出定论。

回到卡萨莫尼卡与光荣会，尤其是与卡拉布里亚大区黑手党的重要家族皮罗马利家族的关联。司法合作人、前克莫拉成员阿尔曼多·德罗萨（Armando De Rosa）进一步确认："安东尼奥·莱昂纳迪（Antonio Leonardi）曾在罗马投资，并为家族洗钱，发展毒品交易市场。为获得可卡因，他与塞内塞、皮罗马利家族结盟，而皮罗马利家族的毒品资源正是来自卡萨莫尼卡。"莱昂纳迪是个毒品经销商，在更换门派前，是保罗·迪劳罗（Paolo Di Lauro）的忠实部下。

另外，值得一说的是卡萨莫尼卡家的朱塞佩和帕斯夸莱·诺切拉（Pasquale Nocera）之间的关系。此处的朱塞佩并不是比塔洛，而是那位住在德弗斯街、出生于1972年的黑手党头目；而诺切拉则与头目萨尔瓦托雷·斯特兰吉奥（Salvatore Strangio）走得很近。诺切拉和卡萨莫尼卡不仅电话交流，也会当面接触。而这关系在特纳齐亚调查中浮出水面，二人的交往可以追溯到2009年。那一年，当朱塞佩·卡萨莫尼卡带着他的侄子（也就是康西利奥的儿子）圭里诺抵达卡拉布里亚大区的博瓦马利纳市时，被宪兵队拦下。

朱塞佩·卡萨莫尼卡住在罗马尼纳区的德弗斯街，这条街道与卡萨莫尼卡家族领地巴兹莱街相交，交会处的广场上有一个24小时营业的毒品分销点，该广场因此成为法院的调查对象之一。这项调查也帮助我们对"无业游民"的生活方式和犯罪手段有了深入了解。即便有司法调查，这里的毒品交易仍在继续。

毒品价格为每剂40欧元；起初装毒品的袋子是热封的，后来为了避免警方调查，他们把可卡因装在敞开的袋子里。该次行动的被捕者中有朱塞佩·卡萨莫尼卡。调查人员称，朱塞佩与其他人共同策划组织了一次可卡因交易，将毒品分销工作交给了家族妇女。每间房子前都站着一个吉卜赛女人，一看到调查员上前检查，她们就回到了屋里。朱塞佩就在附近到处转悠，或步行或骑着小摩托车，为她们望风以防止警方监视或突袭。审判期间,卡西利诺警察局的一名警官介绍了监视工作如何展开。他们有两辆便衣车,但连普通市民都认得,更别说卡萨莫尼卡了。当警察到达检查点时,"望风人会来迎接我们",窃听也行不通,因为在2008—2011年,"连一名口译员也找不到"。①

德弗斯街很窄,但家族的人还安上了花盆和木桩,使道路更加狭窄。这些房子都有木制楼梯和打通的露台,屋内还设有壁炉,即便夏天也总是燃着火。每栋房子都配有摄像头,记录周围的一举一动。每天至少有一名保安进行监视,将所有不受欢迎的人挡在门外。

这附近总共30间公寓里住着至少70人,也就是说每间公寓里住着5至6个人,其中许多人的婚姻以民事形式或罗姆人仪式完成。另一份证词也说明了警方在该区域巡查所面临的困难。2009年,警察们在这里成功逮捕了一名携带毒品的妇女,随后突然赶来了15个女人,她们在嘶喊和推搡中"强行把她从我们手中抢走,之后所有人都消失了。我们只有3个人,要对抗她们15个人,更别说这些女人一个劲扑过来,有些人尖声叫喊,有些人对我们使劲撕

---

① 记者米凯拉·曼奇尼(Michela Mancini)对部分行为进行总结,诸如与本刑事案件相关的司法行为。

扯,将我们堵到了墙角"。① 国家警察竟然被堵到墙角边。

后来,警察在这个区域装了一台摄像机,不满4天就被销毁了。但仅仅这4天的录像记录就提供了充分的信息:仅在一个晚上,就有400辆汽车驶过。同一家超市,有多达400名顾客进出。

警方联系了其中几名顾客,希望他们协助司法审判,但出于对卡萨莫尼卡家族势力的恐惧,大多回应寥寥,闪烁其词。那些愿意站出来发声的是几名变性者,因为他们的个人信息虽然在各种报告中都有记录,但很难被因他们的言论而报复他们的人追踪。

这项调查的一条线索还涉及一名公诉人,即罗马反黑手党区法官罗伯托·斯塔法(Roberto Staffa),他于2013年入狱,罪名是向家族成员提供特殊优待以换取性服务。这一切都源于一名变性人的证词,称自己遭到勒索:通过性行为获取居留证。佩鲁贾检察院在斯塔法的办公室安装了摄像头,但采集的影像证据在审判中被宣布无效,理由是检察官办公室享有完全保密性。好在证人的证词仍可充分采用,包括康西利奥·卡萨莫尼卡前妻的证词,称斯塔

---

① 证词见于罗马法院第六刑事庭2013年12月20日做出的判决,该判决由弗朗切斯卡·鲁索(Francesca Russo)博士主持。

法曾向她承诺以性服务换取优待。2018年4月，斯塔法一审被判处有期徒刑11年。

朱塞佩·卡萨莫尼卡下场如何？他在一审和二审中被判处有期徒刑16年，其家人和同伙也被判相同刑罚。朱塞佩无法提供1997—2009年的任何收入证明，又是一个实打实的"无业游民"。2015年我与他偶遇，当时我想亲自去看看卡萨莫尼卡家族那些富丽堂皇的住宅。走在路上，我抬头看到了这个黑发男子，他胡子拉碴，穿着黑色T恤站在阳台上。当时，他已经在一审中被定罪，而维托里奥·卡萨莫尼卡的葬礼刚刚举行。朱塞佩站在阳台上一动不动地盯着我说："这场葬礼带出了这一连串风波，我们从80年代起一直都是这么办葬礼的。"我问起他毒品超市的情况，他回答道："这能算黑手党吗？"说完还带着一丝自豪地补充道，"如果我们真是黑手党，我们到底会不会被关进监狱？"而他就在那里，站在带有白色柱子的小阳台上，手腕上戴着名贵手表，身后的壁炉即便在夏天也总是点燃着，身边站着他的儿子。

我叫他下楼和我聊聊，他说："我不能出去，我被软禁了。"我转而问他妻子，她回答说："我也不能，我也被软禁了。"我目光下移，看到一个俯瞰街道的窗口边有一名女子盯着我,我试问:"那你能出来聊聊吗?"她答道:"我和他们一样。"① 一整条街的卡萨莫尼卡家人在他们镀金的家中享受着舒适的软禁生活。3年后,我回到了这条街道。朱塞佩还是在那儿,躺在一张竹椅上。他说:"我的母亲70岁了还在监狱里,3个姐妹也被关着。"然后,他讲述了他所遭遇的重大司法悲剧:"你知道我怎么被判了16年吗?就因为我在家门口吃了个帕尼尼②。"定罪全因吃小食。"他们拍下了我吃帕尼尼的录像,就此判了我16年。这事还没完,我还在这儿呢。"③

对卡萨莫尼卡而言,和克莫拉、光荣会的往来固然重要,但在必要时得和所有组织都建立联系。正如"比塔洛"朱塞佩的儿子圭里诺·卡萨莫尼卡所炫耀的那样,他与多梅尼科·斯特兰吉奥(Domenico Strangio)——后者来自以其姓氏为名的家族,从事大量毒品运输——打一通电话,就能谈下一大笔毒品交易。因为卡萨莫尼卡家族的名声可靠,所以每批交付都能打一个折扣。正是通过卡拉布里亚

---

① 本书作者与莫妮卡·劳奇共同为电视频道LA7所制作的节目,于2015年9月10日播出。
② 意式三明治。——译者注
③ 为电视频道Rai2《尼莫》节目制作,于2018年5月11日播出,由本书作者与卡门·沃加尼共同制作。

人，卡萨莫尼卡将大量毒品倾销到首都，日进斗金。斯特兰吉奥家族位居光荣会的奥林匹斯圣山上，是犯罪组织的重要家族之一，而多梅尼科归属于该分支，在江湖上被称为"圣卢卡野蛮人"，主要从事毒品和武器贩运。家族创始人为安东尼奥·斯特兰吉奥（Antonio Strangio）。该分支与光荣会的其他分支有联系，包括罗密欧和尼尔塔家族。尼尔塔家族与卡萨莫尼卡家族的卢恰诺和康西利奥相交甚好。卡萨莫尼卡家族多年来被视为三流组织，如今受到了最重要的黑手党家族光荣会的敬重。在电话中，斯特兰吉奥说："我按43欧元的价格卖给你……换作别人，我得要价45欧元。"但这不是别人，这是卡萨莫尼卡，这个家族的姓氏代表了信用和可靠，代表了家族内部从不出现叛徒和不稳定因素。他们手边随时有现金，脚下牢牢控制着地盘，家族由此愈加壮大。2014年，两名斯特兰吉奥成员——安东尼奥和朱塞佩——在罗马市中心的奥斯特恩斯区被捕。

而另一个关系网是由马西米利亚诺·法扎里建立的。他是一名光荣会成员，多年来一直生活在罗马，他的父亲也是如此。法扎里的父亲努乔在1993年死于一场神秘的车祸。该家族虽然几乎沉沦，但在犯罪组织的棋盘上仍相当有威望。此外，法扎里的表弟、别名为"卡拉布里亚人"的多米尼克·斯卡尔福内，是在普利亚大区和艾米利亚-罗马涅大区的轴线上开展视频扑克敲诈和高利贷的幕后头目。他受到司法调查，后来葬身于普利亚大区梅萨涅市一栋别墅的火灾中。但法扎里家族究竟何人？他们最初来自卡拉布里亚大区圣乔治莫尔盖托市，之后移居至特罗佩亚①和罗萨尔诺②之间。

让我们从斯卡尔福内开始。他生前从事的各项活动中，主营业务是视频扑克和博彩，生意甚至扩展到了马耳他。

他被认为是凭着与佩谢-贝洛科（Pesce-Bellocco）团伙的关系才进入了光荣会的法扎里家族。其母名叫卡尔梅拉·法扎里（Carmela Fazzari），是法扎里家族重要成员的妹妹。其他重要成员包括生于1937年的萨尔瓦托雷·法扎里（Salvatore Fazzari），他被公认为法扎里的家族头目，也是那名悔过自新后供出卡萨莫尼卡家族的马西米利亚诺·法扎里的叔叔。马西米利亚诺·法扎里和表弟斯卡尔福内合作了一桩生意，却不幸失败，迫使马西米利亚诺转向卡萨莫尼卡家族寻求经济支持。家族中最为德高望重的

---

① 特罗佩亚是意大利南部卡拉布里亚东海岸的一个小镇。——译者注
② 罗萨尔诺是卡拉布里亚大区雷焦卡拉布里亚广域市（Città Metropolitana di Reggio Calabria）的一个市镇。——译者注

人物就是他的叔叔萨尔瓦托雷，人称"图里"（Turi），被视为一家之主。萨尔瓦托雷的弟弟叫温琴佐，别名"切切"。"切切"有一个儿子，和头目朱塞佩·贝洛科（Giuseppe Bellocco）的女儿结了婚。他本人还被指参与经济金融相关业务。他在电话中说："我是唯一一个没有……的人。我有……组织，没错，但我从没被正式定罪，因为我经营着7家公司。"[①] 与黑帮无关，只做生意。他还说起自己去过美国，那里不存在黑手党，当时他寄宿在巴达拉门蒂家中。后者的父亲叫加埃塔诺（Gaetano），别名"塔诺"（Tano），恰是一名黑帮头目。

要想了解"切切"，有必要提到他曾与弗朗切斯科·帕齐恩扎（Francesco Pazienza）共同接受警方调查。帕齐恩扎是前情报局特工利齐奥·杰利（Licio Gelli）的得力助手。杰利因涉足安布罗西亚诺银行破产案以及与黑社会团伙的关联而被判刑。温琴佐·法扎里的家族从事商业投资活动，是光荣会内颇有势力和现代化的一族，与皮罗马利和马莫利蒂（Mammoliti）等关键家族和人物皆有关联。这

---

① 2012 年 10 月 8 日米兰法院法官法布里齐奥·达康杰罗（Fabrizio D'Arcangelo）于 2012 年 10 月 8 日发布审前拘留令。在此背景下，于 2010 年 10 月 28 日获取此监听信息。

些关键人物中,最重要的首先是共济会成员,他们是光荣会内的顶层人物;之后是军火商、掮客、靠政府债券赚钱的商人,以及那些在瑞士和摩纳哥公国之间游走的中间商。"切切"活跃于卡拉布里亚、坎图和罗马等地,他在警方档案里有厚厚一沓记录,包括团伙犯罪、走私武器罪、敲诈罪等,曾于80年代中期受到特殊监视。雷焦卡拉布里亚法院在该特殊监视措施的动机说明中,已经描绘了法扎里的视野:"法扎里智慧地诠释了黑手党活动全新的、开放的一面:他抛弃了有组织犯罪活动长期以来的准则,不再强调对领土的绝对控制,而是融入国际黑手党成员的网络。"他与贝洛科(Bellocco)家族来往,该家族与佩谢(Pesce)家族共同在罗马投资壮大。

在法扎里的朋友中,有一个名字已在警方案卷中有所记载,且因与马西莫·卡米纳蒂的关系而为人熟知,他就是温琴佐·卡塞塔(Vincenzo Casetta),曾是新纳粹国民先锋组织的成员,但主要因为涉毒而被警方调查。他所在的组织从事毒品进口,并通过敲诈威胁来制服那些不服从他们的人。2009年,卡塞塔被判刑。卡塞塔也身处卡萨莫尼卡家族的关系网中。在1999年马西莫·卡米纳蒂主导的那场惊世骇俗的罗马法院保险库盗窃案中,就有卡塞塔的参与。司法合作人马西米利亚诺·法扎里铺开了一张巨大的黑社会关系网，他不仅对卡萨莫尼卡家人进行指控，而且厘清了"无业游民"的利益相关方究竟有哪些。

卡萨莫尼卡家族谱系庞大，与他们有关联的同伙和外围人员同样众多，其中很多人仍是自由身，在家族败落后继续活动。在这个巨大的网络中，交织着守旧派政客、罗马黑社会和光荣会家族，以及其他众多家族和大小人物。

布鲁诺·克雷亚（Bruno Crea）是来自西诺波利的阿尔瓦罗家族的核心人物，与皮罗马利家族结盟。克雷亚作为皮罗马利家族头目阿尔瓦罗·纳塔莱（Alvaro Natale）的姐夫，是该家族的关键联系人。阿尔瓦罗·纳塔莱是教父"佩佩"朱塞佩的教子，别名"帕杰克"。他居住在米兰，经营一些商业活动。2018年5月因协助家族活动而被捕。细看克雷亚的人际网络，他与瓦尔特·拉维托拉（Valter Lavitola）和詹保罗·塔兰蒂尼（Gianpaolo Tarantini）的关系浮出水面，后者负责为贝卢斯科尼的"纵情狂欢夜"输送曼妙女郎。此外，克雷亚和"无业游民"家族也确实存在交情。2006—2012年，正值克雷亚住在罗马，因此那些与卡萨莫尼卡家族有交集的人物也先后进入了他的世界。卡萨莫尼卡家族就像一个犯罪服务机构,掌握着形形色色的客户和关系网。2006年,克雷亚与卡萨莫尼卡家族重要人物、生于1957年的罗科·卡萨莫尼卡被捕。由此,克雷亚与家族另一名重要成员,1966年出生的圭里诺·卡萨莫尼卡建立了联系,二人与皮得罗·达德斯共同建立了奥里内合作社。正如我们已知,后者最终因黑手党罪被判刑11年。2018年1月,警方对统治克罗托内省的黑手党法拉奥·马林科拉(Farao Marincola)家族展开调查,卡拉布里亚有169人被捕入狱;其中,路易吉·穆托(Luigi Muto)赫然在列,他主要负责光荣会的汽车交易诈骗。根据卡坦扎罗地方法官的说法,来自库特罗①的穆托负责与德国方面对接,对该家族而言,德国是能轻松赚取10亿美元的梦幻之国,"它就是一个巨大的洗衣店"。如此看来,德国政府将位于奇罗马里纳②的法拉奥-马林克拉家族列入渗透到德国的光荣会组织名单中,并非巧合。然而,对于"德国人"穆托来说,为了创造业绩和获得丰厚收入,他需要来自头号人物"无业游民"的帮助。他在电话交谈中提到与家族的关系:"我怕得屁股发抖。为了卡萨莫尼卡,我

---

① 意大利克罗托内省的一个市镇。——译者注
② 同上。

口袋里出了 5.5 万欧元……如果我们不把车子送到指定地点，他们能把我杀了。"① 再一次，光荣会人没法把卡萨莫尼卡轻视为吉卜赛流浪汉、乞丐或下等人。此处涉及的骗局一旦做成，能赚上一大笔钱，实施方法也很简单：先在德国以假名登记注册大型车辆的长期租赁，之后将车辆运到保加利亚进行第一轮"清洗"，将其注册为新车，之后运至意大利进行二次"清洗"，即更换车牌并重新注册，从而彻底掩盖其原始地为德国以及所有权为租赁的事实。他们通过"朋友"的汽车经销店出售给不知情的买家，这些车辆都装有全球定位系统，因此在售出后不久又会被该组织偷回。就这样，一辆原始价格约为 4 万欧元的汽车在多次出售后能产生约 20 万欧元的利润。最后，这辆车又被装上最初的德国牌照并被运回德国。整场骗局涉及众多人物和巨大的商业网，例如被调查的迪诺·切拉诺（Dino Celano）也和卡萨莫尼卡家族关系密切。其中一辆涉事车辆在罗马的巴兹莱街被检查过，那里恰好是卡萨莫尼卡的地盘。那辆车也被家族中的阿尔弗雷多·迪西尔维奥（Alfredo Di

---

① 记录在 2017 年 12 月 28 日卡坦扎罗法院法官朱利奥·德格雷戈利（Giulio De Gregorio）签发的审前拘留令中，包含了 2017 年 1 月 30 日的监听信息。

Silvio）和法布里齐奥·帕利亚诺（Fabrizio Pagliano）驾驶过。

另一个与卡萨莫尼卡家族有往来的黑手党是阿尔巴尼亚黑手党。

该团伙中不少人与卡萨莫尼卡有关联，其中包括贝西姆·斯卡拉（Besim Skarra）。

法扎里解释道："当佩佩的女儿出事时，巷子里挤满了人。他们不停地打电话，乱作一团。甚至阿尔巴尼亚人也在不停地打电话，连贝西姆也把这事告诉了我，所有认识的阿尔巴尼亚人纷纷拿起武器。"

贝西姆·斯卡拉来自阿尔巴尼亚，替卡萨莫尼卡家族进行毒品交易。这个故事发生在2014年4月，朱塞佩·卡萨莫尼卡的女儿为爱私奔，家族为了对此大不敬之举进行报复，"无业游民"找了阿尔巴尼亚朋友办妥此事。

卡萨莫尼卡家族不甘于现有的地盘，想霸占整座城市，蒂沃利①到圭多尼亚②区域作为交通枢纽，无疑是理想的发展目标。在那里，光荣会和卡萨莫尼卡家族将编织一张令

---

① 位于意大利中部拉齐奥大区罗马首都广域市的一个市镇。
② 全称圭多尼亚－蒙特切利奥，简称圭多尼亚，罗马首都广域市的一个市镇。——译者注

人窒息的顶篷，笼罩整座城市。

证人德博拉·切雷奥尼对这段关系做出了清晰的解释："卡萨莫尼卡家人患有权力病，渴望彰显力量。在他们看来，一是通过与其他犯罪组织形成联系，二是肆无忌惮地展现奢华。"[1]直到有一天，德博拉再也忍受不了富尔巴门巷里的生活了。当我到达时，警方抓捕活动后滞留在富尔巴门巷的妇女们都很清楚自己的现状，她们说："如果还想活着过下一个圣诞节，那就必须动身离开。德博拉这个昔日女王，在她丈夫被捕后选择离开。但她对我们造成了威胁，这个贱人。"在这里，容不下自首者和证人。

在罗马城内，卡萨莫尼卡也和其他家族保持着睦邻友好的关系，比如罗马南区的大毒枭米凯莱·赛内瑟，以及马西莫·卡米纳蒂。在后来名为"黑手党之都"的审判中，卡米纳蒂的黑手党罪名成立，被判刑12年。卡萨莫尼卡家族控制下的一块罗姆营地，将马西莫·卡米纳蒂和卢恰诺·卡萨莫尼卡联系到了一起。萨尔瓦托雷·布齐回忆说，当时，卢恰诺·卡萨莫尼卡刚出狱，入狱原因是他打断了一个人的胸骨，造成后者死亡。刚出狱的卢恰诺正好

---

[1] 出自2015年7月18日的口头记录信息。

有用武之地，能接手管理罗姆人营地。在"黑手党之都"审判的听证会上，萨尔瓦托雷·布齐袒露："我雇用了因过失杀人服刑并出狱的卢恰诺·卡萨莫尼卡，工资是每天1000欧元。2014年11月，他和7名族人替我看守那块游牧民营地。"最终，该审判以二审判定布齐的黑手党罪名成立而告终。在"黑手党之都"的调查中，特别行动组宪兵对卡萨莫尼卡家族进行了大致审查。卢恰诺有一个同名表弟，他将很快在下文出现。这个表弟从事电影行业，因涉嫌贩运毒品遭到警方调查。还有一名亲戚是1979年生的圭里诺，他也在警方的一次缉毒侦查中被记录。另一名相关亲戚是罗萨里亚，她同样也因涉毒——确切来说是可卡因——被记录在案。卢恰诺的另一个亲戚阿尔曼多也被卷入类似的司法事件：2011年，一名市政警卫，也是时任罗马市议会副主席萨穆埃莱·皮科洛（Samuele Piccolo）的司机，从阿尔曼多那里获取毒品。二人有通话记录，并且保持着私人关系。在2018年7月"格拉米纳"行动中，卢恰诺·卡萨莫尼卡因涉嫌黑手党罪而被捕。马西莫·卡米纳蒂还直接找过卢恰诺解决麻烦，缘由是他受到卡萨莫尼卡家族一名律师发出的人身威胁。卡米纳蒂对其辩护律师说道："他们有上百人，一个比一个混蛋。我很了解卢恰诺。"

卡萨莫尼卡家族不仅与那不勒斯和卡拉布里亚的家族保持了友谊，也成了其他罗姆家族的典范，比如阿布鲁佐大区的斯皮内利家族和迪罗科家族，拉蒂纳市的恰雷利家族。他们还与政商两界、高利贷、毒品界和各个商业部门有着千丝万缕的联系。卡萨莫尼卡家族也不拒绝罗马以外的生意，比如在弗罗西茨、维泰尔贝斯等地区，该家族已经掌控并投资了当地的洗浴场所。

证人德博拉说，卡萨莫尼卡患有"权力病"。尽管他们的沟通策略多为抱怨、呻吟、希腊悲剧式的哭哭啼啼，但他们心怀的梦想却很大，也在不断复制家族模式。只需看一眼社交网站，就能对此有所了解。让我们回到本章开头的视频，回到毛罗·纳尔迪和马诺洛·卡萨莫尼卡的歌唱表演。毛罗·纳尔迪激昂地呼唤全场人向年轻的歌者喝彩，观众则无精打采地跟着他鼓掌。在 YouTube 上，展现卡萨莫尼卡家族的表演、宴会、豪车和庆典的视频有几十个。评论区里混杂着指责和赞美，那是一场充斥着贬损、侮辱和谩骂的野蛮竞赛。

一位用了假名的网友留言道："他走调走得像呕吐物一样。"有人用朱塞佩·卡萨莫尼卡的口吻对此评论回复："有胆量躲在互联网后面大放厥词，不如站出来单独聊聊，你这个屎一样的混蛋。"究竟是家族众多成员中的哪一个做此回复,我们不得而知。但由此在网上引发了一场巨大的口水仗。

新闻和名人

卡萨莫尼卡家人垂涎权势,渴望惊艳世界。因此,他们不放过任何一个自我陶醉的场合,感受自己像电影明星一般与众不同,"叔父"维托里奥的葬礼如此,他的生日也是如此。当时,他乘坐直升机抵达宴会现场,从机舱走出的气势一如大亨、外交官和政治家,令现场所有人咋舌。

在族王的葬礼上,所有人前来致敬,"叔父"丝毫都没给他的后辈留下些什么。他一生光鲜,到死也不愿失了体面。当日高潮发生在教堂入口处,那里依次排列着 70 瓶唐培里侬香槟,一如哗众取宠的综艺节目女王。这可是整整 70 瓶法国葡萄酒,是贵族所饮的名酒,绝不是意大利制造的只配给乞丐和吉卜赛穷人喝的廉价泡沫酒。卡萨莫尼卡家人心心念念想要成为贵族。他们常年处于深深的焦虑中,渴望弥补原生身份中的缺失,导致他们的生活方式游走于弗拉维奥·布里亚托雷（Flavio Briatore）和电影明星之间。家族每个成员都难以忘怀那个极尽奢华的生日，这全因"叔父"要面子，不愿被视作可怜人。生日几天后，餐厅老板给族王的律师寄去了一封讨债信，要求结清赊账。"他们一分钱都没付吗？""早该在活动之前就想到这一点。"这是电报上的对话。即便那一次，付不付款都不重要，重要的是在场宾客都尽兴而归。当时，各行各业的巨头都来到现场。如今，卡萨莫尼卡之名已被过度使用，导致族人不愿轻易现身，但一直都继续存在。

"叔父"维托里奥结交广泛。企业家、女明星、演员，无论是龙套还是主演，他都熟识。

家族的年轻一代也涉足电影业。圭里诺·卡萨莫尼卡和人称"奇奇洛"的奥塔维奥·斯帕达，就是那张照片里戴劳力士手表的两个人，共同发布了一张与演员亚历山德罗·罗亚（Alessandro Roja）的合影。罗亚在电视剧《犯罪小说》中饰演丹迪（Dandi）。奇奇洛直言："有了丹迪，我们就是主角。"另一张照片中，奇奇洛和帕斯夸莱·卡萨莫尼卡炫耀着他们的劳力士手表，当时他们刚结束福门特拉岛的度假，在尊享了一个名副其实的贵宾式假期后正在归来的路上。这个家族对影视演艺界充满向往之情。另一位卢恰诺·卡萨莫尼卡,也就是"叔父"维托里奥的侄子,自十几岁起就对电影充满热情。《速递》报道① 称,卢恰诺甚至亲自参与了《罪城苏布拉》第二季(*Suburra 2*)中辛提人配角的选角。这是一部罗马犯罪题材的电视连续剧。面对网络上的反对之声,卢恰诺在脸书上回击道:"我的朋友,他们得好好把嘴洗一洗,那些无知之徒说完话就藏起来,都是些不值一提的小人物,根本不需要理会。"

就在罗马酷热难耐的季节,我给卢恰诺打了个电话,他说道:"我有个朋友在伊斯基亚岛经营一家酒店,我准备去那里度假。你找我做什么?"我问及《罪城苏布拉》,他回答:"我是认真对待这个角色的。我跟你说,我是受过电影文化教育的人,你改天过来,我们可以谈谈,但你得付我一小笔报酬。"卢恰诺在他个人资料照片集中赫然陈列着在他金碧辉煌的豪宅中与电影人克劳迪奥·阿门多拉(Claudio Amendola)和米凯莱·普拉奇多(Michele Placido)的合照,这样一个人居然索要报酬来讲述他的故事。卢恰诺幻想着恒久的友谊:"我和米凯莱是多年的老朋

---

① 来源:http://espresso.repubblica.it/at- tualita/2018/08/02/news/sul-set-di-suburra-2-c-e-luciano-casa- monica-ho-una-piccola-parte-ma-mi-pagano-be-ne-1.325611。

友。"然而这位导演的工作人员却表示:"普拉奇多和数百个人拍过合影,他并不认识这位先生。"

对于有涉毒和诈骗前科的卢恰诺来说,找到合作方不是问题。

我们询问影视制作公司Cattleya,出于何种原因选择了卢恰诺·卡萨莫尼卡。对方给予的回复不仅证实了传闻,还透露了更多信息:"《罪城苏布拉》需要描绘辛提人的人物特点和生活环境。出于表演效果和真实性考虑,我们选择录用辛提人担任主角、配角。"关于卢恰诺,公司回复:"我们希望指出,我们剧组有两位同名的卢恰诺。一位是卢恰诺·卡萨莫尼卡先生,负责挑选《罪城苏布拉》中的辛提人配角和临时演员。他是知名专业电影人,曾与斯科塞斯(Scorsese)[1]、托纳多雷(Tornatore)[2]、扎罗内(Zalone)[3]、鲁比尼(Rubini)[4]等导演都有过合作。而另一名

---

[1] 指马丁·查尔斯·斯科塞斯(Martin Charles Scorsese),美国电影导演、监制、编剧和电影历史学家。——译者注
[2] 指朱塞佩·托纳多雷(Giuseppe Tornatore),意大利电影导演和编剧。——译者注
[3] 指凯科·扎罗内(Checco Zalone),本名卢卡·帕斯夸莱·美第奇(Luca Pasquale Medici),意大利演员、音乐家、歌手、喜剧演员和编剧。——译者注
[4] 指塞尔焦·鲁比尼(Sergio Rubini),意大利演员、电影导演和编剧。——译者注

卢恰诺，可能是您询问的那位，他仅仅是本剧3500名演员中的一名临时演员，在剧组工作仅4天。"如此说来，我们的卡萨莫尼卡是一名临时演员，同名同姓的另一位则是选角导演。

我们的卡萨莫尼卡就像一个明星，他自称为"幸运星"卢恰诺（Lucky Luciano）。他还记得在剧中与明星一起出演时的情景，他回忆道："等我们见面，我带给你看我小时候的照片，我和托马斯·米利安（Tomas Milian）及奥森·威尔斯（Orson Welles）的合照。我当时上了广告。都怪我这该死的姓氏，让我的演艺事业受阻。"但总有一扇门为卡萨莫尼卡家族敞开。比如影视制作公司Cattleya和公共电视频道Rai Fiction对卡萨莫尼卡这个姓氏并不介意，并录用了卢恰诺。他对此说道："我在电视剧中扮演了一个角色，我老老实实工作，这有什么问题？难道盯着卡萨莫尼卡的姓，我们就得开枪自杀，别活了？如果是这样的话，我们就索性别工作了。"此话说得很对，只是他从未与家族保持距离，也始终否认黑手党属性。在一次反黑行动中，卢恰诺与妻子也曾被捕入狱。《安莎报》（*L'Ansa*）对那次行动如此描述："20名便衣特工在身穿制服的警察的协助下，突袭了位于'毒品三角区'正中心的别墅据点：1957年出生的卢恰诺和1954年出生的妻子安农齐亚塔·斯帕达（Annunziata Spada）因涉嫌贩毒而被戴上镣铐。这名女子在被捕时声称突发急病，但被送到最近医院诊断时发现她完好无恙。"一哭二闹三上吊的伎俩屡试不爽。"警方在别墅中查获80克可卡因和530克切割物质，以及大约500欧元，这可能是半天的收入，该贩毒活动收入颇丰。警员们称内部装修'稍许有些俗气，但富丽堂皇，很气派'。在别墅周围的监视台有警卫全天候监控，还停着好几辆豪车。"2010年，在宝巴布中心的那场晚宴上，出席者不仅有罗马市长詹尼·阿莱曼诺、朱利亚诺·波莱蒂（Giuliano Poletti），还有未来的民主党代表翁贝托·马罗尼（Umberto Marroni）及其父亲安焦洛·马罗尼（Angiolo Marroni），时任囚犯担保员、未来的市政住房部议员、民主党成员达尼埃莱·奥齐莫（Daniele Ozzimo），还有市政垃圾公司安玛的负责人弗朗科·潘齐罗尼（Franco Panzironi）。奥齐莫后来在"黑手党之都"审判中被判贪污腐败罪，而弗朗科·潘齐罗尼后因安玛公司涉及的"公共裙带丑闻"被正式判刑，并于"黑手党之都"二审中被判黑手党罪成立，正在等待终审判决。

卢恰诺·卡萨莫尼卡终于偿还了他欠下的司法账。他因谋杀罪被捕,正在改过自新,洗刷往日罪孽,正如萨尔瓦托雷·布齐。一时间,这成为罗马街头巷尾的热点议题。在他被卷入"黑手党之都"调查之前,作为与政客、法官称兄道弟之人,这位家族头目手握巨大权力。2013年3月27日,他写道:"我自由了。"此话不假:所有针对他的指控全都被判不成立。

卢恰诺是个老派的人,最爱吉卜赛音乐:"我参加了一个美妙的、令人难忘的吉卜赛聚会,现场有400多人,欣赏吉卜赛音乐和舞蹈。"吉卜赛音乐和新旋律音乐都深受这个家族的喜爱。

卢恰诺的社交网络是一个非凡的展示平台。其中有一张是他和一辆法拉利特斯塔罗萨的合照,并写道:"法拉利458是我的朱宝(giolielo)[①]。"卢恰诺还会发布美食视频,视频里的他正在享用配有蛤蜊、牡蛎和龙虾的意式扁细面。海鲜生食也是该家族的味蕾所爱。

另一张年代更久远的照片展现了家族订婚宴上的场景。新娘缓缓走来,走道的另一头等待着她的是戴着帽子的"叔父"维托里奥,为她献上祝福。背景音乐是一首新歌:"花

---

① 珠宝(gioiello)。

容月貌一如你，情深意长见我心。"订婚宴极尽奢华，承载了现场无与伦比的喜悦。歌曲继续喜道："与我共进芙蓉帐，宽衣解带度春宵。"

他的脸书好友里还有"比塔洛"朱塞佩·卡萨莫尼卡、那个吃帕尼尼的朱塞佩·卡萨莫尼卡，以及多梅尼科·斯帕达。这些都是家人。

简而言之，他是不折不扣的卡萨莫尼卡，"叔父"是维托里奥，表弟则是卢恰诺，二人同名。他与时任罗马市市长詹尼·阿莱曼诺和前部长朱利亚诺·波莱蒂有过合照。

前任市长阿莱曼诺说，卢恰诺曾经入狱，是个穷苦人。但简单查阅卢恰诺·卡萨莫尼卡的资料，就能看到不少他与法拉利等豪车的合影。这座城市的政界和司法机构一直在操弄着声东击西的伎俩，分散所有人的注意力，从而使"无业游民"家族发展为一股强大的犯罪力量。一场葬礼、一张照片、一个头条新闻能激起我们短暂的清醒，但反抗黑手党的斗争需要深深扎根于内心，扎根于普遍的愿景，扎根于城市社区的每个角落和日常工作的每一个细节中。正是在停滞不前的拖沓中，这个家族建起了犯罪帝国。"他们就像老鼠一样，不仅数量众多，而且什么都吃。"司法合作人如是说。这个人多势众的家族入侵并攻占了罗马。

至今如此。

在权力的炫耀方式中,电视是理想的载体,但也会惹出麻烦。出生于1968年的卢恰诺·卡萨莫尼卡就在电话中谈过这个问题。这位"无业游民"在与一名密友的电话交谈中,谈到可能会参加一档电视节目的录制,并表达了他的顾虑,担心自己会在电视上被抹黑。这场对话发生在2015年9月18日,也就是"叔父"维托里奥的葬礼大秀之后一个月。而在2018年7月警方对黑手党的大型突袭中,卢恰诺将被逮捕。那名临时演员卢恰诺也上过电视。当时,市长维尔吉尼娅·拉吉(Virginia Raggi)已经下达命令,要求指挥官安东尼奥·迪马焦(Antonio Di Maggio)带领市政警察指挥部拆除夸德拉罗地区的8幢违章住宅,其中包括卢恰诺在费利切水渠禁区内建造的别墅。卢恰诺便在电视上呼吁:"他们把孩子们都送走了,孩子们都不能去学校了,这是不公正的。我是意大利人,不是外国人。如果我们曾经是罪犯,那今天就要反抗到底。"照理说,房屋拆除费本应由违章建造人承担,但面对这些"无业游民",毫无道理可言。

电视成为他们发泄牢骚的渠道,"我们只不过是吉卜赛人""你们都错了""你们不能把所有事情混为一谈""我们有孩子"。他们很少敞开家门迎接采访。上过电视的有别名为"强尼"的圭里诺·卡萨莫尼卡。他在毛罗·纳尔迪的配乐中献上了令人难忘的表演,后来他接受《伊内》(*Le Iene*)的电视采访时袒露:"我们的家族与马匹打交道。我的档案中的确有些案底,我们家族有些历史包袱。但为了这个姓氏,我付出了代价,真的付出了代价。我没有金子做的水龙头。无论'帮派'这个词是怎么来的,都不适用于我们这个家庭。各个家庭和种族里都有好的、坏的和丑陋的。即使在尊贵的萨沃亚(Savoia)王族里,也一定有败类。我们只是普通人,都是上帝的子嗣。我们的法拉利跑车都是低价买来的。我父亲靠马匹发家。这里是在威尼斯广场举行的婚礼,我们雇用了城市交通警察组成仪仗队,请来马里奥·梅罗拉(Mario Merola)在现场歌唱。"①

这场访谈在播出前几个月就录制好了。而在 2018 年 7 月,圭里诺就因敲诈勒索罪入狱服刑。他的儿子安东尼奥就是罗马尼纳酒吧斗殴事件的主角,该事件将卡萨莫尼卡家族重新带回了电视屏幕。

此番回归电视屏幕是在 2018 年 5 月,故事发生在巴兹

---

① 2018 年 11 月 25 日播出,https://www.iene.mediaset.it/video/raggi-casamoni-caville_246350.shtml。

莱街上。这里是家族统治地盘的核心地带。一家酒吧的监控摄像头永久定格了一些画面,讲述了被这座永恒之城忽视的一个暴力故事。安东尼奥·卡萨莫尼卡和他的表弟安东尼奥·迪西尔维奥走进罗克西酒吧买烟,由于不愿排队等候,他们喊道:"这里都是我们的,我们是这家酒吧的主人。"之后就出现了暴力事件:他们用皮带抽打一名残疾妇女,还把整个酒吧砸得稀烂。两人离开后,又折回来报复酒保,走到吧台后方不停地殴打他。

酒保是一个名叫马利安·罗曼(Marian Roman)的罗马尼亚男孩。这次事件后,他和同为罗马尼亚人的伙伴罗克萨娜(Roxana)决定向警方举报。当家族向他们提供赔偿金以弥补损失时,他们没有接受。他们讲述道:"我们很害怕,因为不知道会发生什么,我会待到很晚,亲戚们开车来接我们。"当我在罗马尼纳见到他时,剃着寸头的马利安身穿一件军绿色T恤,一脸骄傲的神情。他言语不多,但能沉着回应:"我没有看到国家力量的干预,但我不会轻易放弃。我将再次举报,毫不犹豫。"[①]

[①] 2018年12月底,意大利共和国总统塞尔焦·马塔雷拉(Sergio Mattarella)将意大利共和国骑士荣誉勋章授予罗克萨娜·罗曼(Roxana Roman),"以表彰她在确认合法性价值上所做的贡献"。

酒吧里熙熙攘攘,一大群记者和政客在此进出。于是我走到街上,一位老妇人停下来对我说:"您四处走走,看看是否能找到任何商店、杂货店。找不到的,我们这里什么都没有。我们被上帝遗忘,被所有人遗忘。我一直梦想着离开这里,但有谁会来买我的房子?"我遇到了一个并不住在这个街区而只是来此工作的人。他是一家综合服务公司的雇员,他告诉我:"我每天来这里都胆战心惊。这一片都归他们管,他们要么不付钱,要么砸掉一切。这个区域是他们的大型交易场所,随时随地都能见到他们的人。他们向人渣提供毒品和金钱,造就了他们永恒的事业。"

有许多人没有亲眼见证过这个残局,因而轻描淡写地认为,这些统治规则仅仅是装饰品,需要被消除。公园里,孩子们在垃圾堆里和垃圾溢出的垃圾桶之间玩耍。就在那儿,我偶遇了一名曾经的抢劫犯,他曾经从属于罗马市内众多分享抢劫战利品的帮派之一。

"我可能会待在家里一段时间,我需要1000欧元。有他们在周围也挺好,他们会提供一些服务。与其他犯罪分子相比,他们总能靠自己把事情摆平,我们保持着良好的邻里关系。他们留在这里的动机只有两样:金钱和毒品。"

在这里,人们少言寡语,因为沉默是金。

伊朗人对手

"颜色丰富一些,我不喜欢太单调。"在罗马市郊的一家由酒吧改造成的小餐馆里,迈赫迪德纳维(Mehdi Dehnavi)点了一份番茄意大利面。他扎着马尾辫,身材高大,性格开朗,总是面带微笑。他经营大理石销售,那是一种产自罗马近郊小镇蒂沃利的石灰岩。

"我是伊朗人,因为热爱意大利而来到这里,向往在这里生活。初来乍到时,我从事绘画,学习美术。但正如你所知,生活处处充满惊喜……对我来说,这个惊喜就是大理石。一些朋友了解到伊朗出产的大理石十分精美,于是邀请我加入这个行业。"生意收入颇丰,他也由此成为一个小企业家,在图斯克拉纳街上有一个工作室。那是卡萨莫尼卡家族的地盘。但迈赫迪并不惧怕卡萨莫尼卡,也不忌讳谈论他们。为了更好地理解缘由,有必要介绍一下他的奥德赛历程。"我逃离了祖国伊朗。在和卡萨莫尼卡家族进行对抗之前,我和什叶派的阿亚图拉有过抗争,为此曾三次入狱。我和如今的叙利亚人一样,靠步行越过边境,双脚还受伤了。这二者有本质的区别:遭人追捕而必须逃跑是一回事,自行决定离开一个国家则是另一码事了……你明白为什么我不害怕卡萨莫尼卡吗?"

来到意大利之前,迈赫迪凭一本假护照先去了土耳其,之后又从那里逃了出来:"我在机场被扣留了,要被押送回伊朗。我很害怕,但最后他们把我释放了,于是我去了萨拉热窝,继续过着逃难的生活。那时候我便想到去意大利,于是付钱给蛇头。那些日子仍历历在目。我来告诉你,我是如何到达意大利的。"此时,迈赫迪已经吃完了意大利面,要了一杯咖啡和一支笔。他小心翼翼地将盘子和叉子挪到一边,拿起圆珠笔画起了一辆卡车。

"这个车里装满了一个个胶囊,里面全是油。"他边说边画,凭借记忆将一切呈现在纸上,"这里有一个可以进入的洞,只有一根管子可以放出空气。我不知道车里挤了多少人,几乎一个叠着另一个,有人在半路死了。最可怕的是碰到有人巡视,那个瞬间简直令人窒息。卡车到达意大利的里雅斯特大区边界后,连停都没停就把我们甩了出去。那次我又进行了一场斗争,我把蛇头的名字、电话号码举报给了警察,彻底消灭了这个组织。我受不了虐待、剥削、权力滥用。"

迈赫迪的抗争先是与伊朗政权,后是与蛇头,再后来就出现了"无业游民"。"我在理纳利桥有一个商品陈列间,离他们的图斯科拉纳街 50 米远。死的那个人，那个'罗马之王'，是这些人里第一个不付钱就拿走玛瑙大理石的人。维托里奥对我说：'我们想造一个浴室。'我那时不知道卡萨莫尼卡家族为何人，只当他是一个普通客户。他开着一辆敞篷宝马车来我店里，带我去看房子。在图斯科拉纳街和钱皮诺街之间，他们正在建一所公寓。他先搞走了我 4 箱白玛瑙大理石，用来建造浴室，我没有收到他一分钱。"这是迈赫迪第一次尝到卡萨莫尼卡家族的厉害，之后便迎来了另一个卡萨莫尼卡。"那件事还有一个意大利中间人的参与。他们当时正在建造公寓，大约有 10 多套。我提供了伊朗产的大理石后没收到一分钱，于是去找了这个中间人朋友。和他一聊我就明白了，他受到这些卡萨莫尼卡的控制，为他们拉皮条，靠他们提供毒品货源。"后来，卡萨莫尼卡家族的分支头目费鲁乔的儿子圭多直接来向他索要原材料了。"他当时在建一栋别墅，每天都来我店里，我坚称不想接那个活儿，因为我知道他永远不会付钱。他们想要 10 根柱子，但我没有接受订单。于是他们开始殴打我，不止一次，大概有三四次。"事后，迈赫迪不想听任何理由，立即跑到卡西利诺警察局报警。"大约在晚上 10 点到 12 点之间，我去了警察局。第一次去的时候，警察对我说：'这些人很危险,他们会杀了你,会烧死你。'当我第二次被打时,我打电话给另一名警官,对方将我的电话转给了一位上级,他问道:'你为什么要把自己置于危险之中?为什么要打架?他们会烧了……'我在法庭上将这些全盘托出。"迈赫迪沮丧地补充道,"在一个国家,当你报警后,这些国家的警察却警告你,这些被举报的人是危险人物,你能怎么办?你只会对所有人丧失信心。"在那个警察局里,有几名长期投身于和该家族斗争的警察认为迈赫迪的证词提供了很多背景信息,很有价值。

石匠迈赫迪还补充了一个细节:"有一件事我从未提过。那天晚上我去警察局报案,隔天早上 7 点,卡萨莫尼卡的一帮人就来到我的工作室门口,又把我毒打了一顿。这些卡萨莫尼卡到底是何方神圣,这又是一个怎样的国家?"

绝不可能。迈赫迪笑道:"我之前说过这话,现在再说一遍:我不相信魔法,我也不相信国家。"审判现场,警员们否认了这一情况。迈赫迪的陈述可能有助于加强司法调查对卡萨莫尼卡的认知,却缺乏实证。然而,我们还是决定将他的故事报道出来,因为正是他的报案行为引发了一场审判,这场审判一路走到最高法院,最终将罪恶之人绳之以法。在迈赫迪之前，康西利奥·卡萨莫尼卡和盖索米娜·迪西尔维奥也曾谈到过，他们在司法调查中有人脉。在另一条线索中也发现："在一次婚前单身晚会上也有一名警察在场。"目前，该名警察的具体姓名仍未可知，也未得到官方承认。

迈赫迪很了解卡萨莫尼卡家族。"我去过他们带泳池的别墅，极尽奢靡，夜夜笙歌。但仔细想想，他们到底是怎么造出这些别墅的？靠压榨人血，靠高利贷、毒品和保护费。"正义是否已经到来？"司法公正已经百分之百地实现，但我失去了家人、房子和我的工作室。司法审判一路走来，我基本放弃了一切东西。如果一场审判需要耗时10年，你能怎么办？如果不追踪下去，那就前功尽弃了，他们会继续逍遥法外。"他想起了他的"吸血鬼"："你知道圭多·卡萨莫尼卡第一次是怎么出来的吗？因为刑期过期，他就出狱了。这样一个危险人物被关在里面好好的，你却让刑期过期？你在开什么玩笑？"今天，圭多和他的父亲费鲁乔一样，在家族中具有很高的声望。

还存在一个问题：迈赫迪当年被殴打受伤，他被割伤，头被一块大理石板砸破，他是否得到了应有的赔偿？

"我一分钱都没拿到，至今还在分期支付律师费。我没有从卡萨莫尼卡那里得到一分钱，工钱也没拿到……我所做的一切都是出于尊严，为了保护弱者。我知道恐惧意味着什么，但我心怀尊严，不会向恶霸低头，我有责任抬起头来说：我要捍卫权利。我们不能在这里被两个吉卜赛人给生吞了。那些人跑到这里卖毒品给年轻人，来殴打我和其他民众，我们就该被他们吓退？绝对不能。但我不是国家，必须有国家力量出面阻止他们，如果国家也退缩了，那么意大利人更应该发声。"

迈赫迪谈到了公民权利、国家力量，谈到了即便身处一个不断被践踏的地区，仍心存尊严。圭多和他的兄弟拉斐尔因殴打迈赫迪而被正式判刑，真是一个美好的家族。

我们已经提到过圭多的父亲费鲁乔和母亲盖索米娜·迪西尔维奥。审判过程中，小费鲁乔也牵扯进来，一个步长辈后尘的未成年人。迈赫迪直到最后也没见到钱入账，无奈关闭了工作室，卡萨莫尼卡家族也付清了司法账。圭多甩下这些狠话，言犹在耳："你以为自己是谁，敢这样跟我说话，谁允许你这样跟我说话的？""你这个混蛋，我会来拿回我的东西，你给我等着。""你知道我们是谁，如果你敢不把柱子给我送来，我们就杀了你，放火烧了你的公司，让你失去一切。"除此以外就是肢体暴力：他们对着迈赫迪的头部和背部拳打脚踢，还用大理石碎片和棍棒毒打他，用头撞他。最后，迈赫迪一无所有，他的情形和另一名参与建造卡萨莫尼卡豪宅的工人一样。这名工人如今在国外工作，他说："我还在等他们付给我3万欧元。"但他永远都等不到这笔钱了。"他们做事就是如此，"迈赫迪总结道，"卡萨莫尼卡不会为任何一份劳动而付钱，付钱形同打耳光。他们进行房屋建造、室内装潢和美化，不会给任何人支付酬劳。"但他们的家中塞满了奢侈品。

在将卡萨莫尼卡家人逐出别墅的过程中，满屋子奢华的家具令世界震惊，让人既感到可笑又为此愤慨。从迈赫迪处所购的黄金、灰泥、大理石用于硬装，但远不止如此。真正令人瞠目结舌的是一个个外形浮夸又恶俗的装饰物：陶瓷老虎与银马，黄金砌成的浴池和摇篮。

卡萨莫尼卡家人从专门的商店购买这些物件。我们发现了一个网店，卖的都是"无业游民"风格的装饰物件。于是我们根据网上商店的商品，为该家族一套婚房模拟布置了餐厅的样子。先从动物饰品开始，这是必不可缺的元素。一只陶瓷大丹犬的价格约为500欧元。镀金控制台起价1000欧元，具体价格取决于尺寸大小。在控制台上方，是两个价格约为70欧元的爱神天使。背后的墙面得挂上一幅价格为200欧元的精美画作。一个点缀着檐口和装饰物的木制象牙色和金色的衣柜，需要2000欧元。还必须放一张价值1800欧元的象牙和黄金制成的桌子，配上每把160欧元的金叶椅。一张双人沙发必不可少，沙发上点缀着水晶和各类装饰，正中间镶着一只金箔制成的水母，价值1500欧元。墙头的电视必须装在500欧元的木质金框中，用以观看欣赏家族的辉煌业绩，再配一个内含烟灰缸的喷泉，价格不高，但也得2000欧元。最后是一套内嵌在墙上的灯具和玻璃制品，威尼斯玻璃柜及大理石地板。浴室中，按摩浴缸是必备品，浴缸以黄金制成，这才能与黄金水龙头相配。家中每一个角落都必须富丽堂皇，宛如皇室。

显然，这些家具不少是诈骗所得，另有许多靠赖账而来。例如，盖索米娜·卡萨莫尼卡购买了总额2.4万欧元的家具，最终只付了1000欧元，其余部分使用未兑现的支票抵扣，该行径在初审中被判诈骗罪成立。那次审判中被告还在坚持狡辩，称受害人在听证会上无法明确骗局的实施者。

另有一些欺诈行径没有得到惩罚后果。根据一名消息灵通人士描述:"在卡帕奈雷赛马场,一个卡萨莫尼卡与一名陌生男子开始攀谈起赛马,前者假装自己是一个旧时老友,多年前双方一起做过生意。这名男子被骗上钩了,说他是个卖家具的,但不记得之前有过合作。"卡萨莫尼卡人搓了搓手,向他预订了一整栋房子的家具,并告知这位可怜人,付款时间可能会延迟几个月。在货物交付当天,家具商开着卡车运来了所有家具。到了最后,卡萨莫尼卡与他拥抱和贴面告别,并对他说:"祝你一切顺利。"待商人问他要钱,这个"无业游民"把全家人召集起来,威慑之下反而硬逼着商人交出了一张支票和钱包里的所有现金,之后把他赶走了。

后　记

　　我停好车的时候，已是凌晨 4 点。漆黑的夜色里只有一盏路灯，遥遥散发着光亮。它像是一种渴望、一声叹息。夜色并没有褪去，周围的宿舍区陷入寂静。就在离这儿几个街区的不远处，我度过了一整个下午。那是罗卡·贝纳达街，一个没有出口的死胡同，像极了这个国家的处境。走到 15 号楼，我停下脚步。房子左右两边各有一堵墙，曾经的大门已经不见踪影，门口的对讲机也没有了。一走进大门，巨大的花园前有一棵橄榄树，这个具有百年历史的古老物种代表着和平与智慧。我从层层枝叶阴影间能隐约看到树后的别墅。这栋房子的外形很像电影《疤面煞星》（*Scarface*）中的古巴毒枭托尼·蒙塔纳（Tony Montana）在迈阿密的豪宅，那是一栋由毒品与金钱浇筑而成的豪宅。

而我眼前的这座房子，更像一个褪色的仿制品。

很多年前我就来过这里。今日再度拾级而上，大门已荡然无存，两层环形楼梯框住了楼房入口，让我不禁联想起电影最后一幕，阿尔·帕西诺手握 M16 步枪向杀手扫射。我踏着楼梯而上，两旁没有扶手，脚下也没有大理石点缀，只有几块历经洗劫的石板。楼上一间卧室里有几件挂着的衣服和一张床垫，就像还有人住在那里一样。房子外面散落着瓦砾碎片，像正在施工。这栋房子就这样持续不断地遭受破坏和践踏。

2012 年，国家扣押了这座官殿般的宅子。我第一次前往是在 2015 年，当时还有人居住。如今，屋里除了被丢弃的几张床垫、一些零散的衣服和杂物以外，已成空巢。国家原本计划将其改造成一个社区中心，为社会上有困难的人士提供急救援助，但在执行过程中，遇到了来自各方的干预、嘈杂的声音以及各种不同的决议和立场严重拖延了改造过程，导致官殿至今仍然处于尴尬的失修状态。城市警察最近表明："由于公众对于非法占用此处财产心存顾虑，因此县政府将于 2016 年 12 月 14 日召开会议并对此问题进行商讨。"照这个进度，等他们最终做出决定的那一天，宅子里或许只剩下橄榄树了。

正如整个街区的历史一样,这座别墅也诞生于违法建造时期。2000年时它还只是一套3室的房子,占地面积2500平方米,直到我们的主角驾临,在他们一次又一次的非法扩建之下,别墅变成了宫殿。一年后,"通过安装16根3米高的钢筋混凝土支柱,以及建造两层钢筋混凝土结构",《疤面煞星》版豪宅于2003年横空出世,这里"建成了一个从地下室到地面的钢筋混凝土楼梯,以及两个从地面到一楼阁楼的平行半圆形楼梯,房屋外部涂抹灰泥,并安装台架、门窗,通过瓦片和排水沟对屋顶进行防水"。

离我几米远的地方有一个公共汽车站,这里没有夜班车,每天最早的班车得等到凌晨5点20分。这中间间隔实在漫长,许多不幸事件都有可能发生。有人告诉我,罗克西酒吧殴打妓女和残疾妇女一事已经闹得沸沸扬扬,国家必须对此给个说法。

我打开手机上的手电筒功能,穿过街道来到一家已经关门的商店前,门口地上有一个破碎的啤酒瓶、一个标着酒吧名称的破旧招牌,还有一个写着"店铺出售"的牌子。我在脑海中一边算着时间,一边回想着刚刚过去的午后经历,回想着在这条无国界巷子里的漫步,突然间一个声响从远处传来。现在是凌晨4点30分,警笛声刺破暗夜的寂静。

第一辆警车缓缓而来，左转进入巴兹莱街，第二辆紧随其后，第三、第四辆也都亮着灯。

天已经蒙蒙亮起，迎来白日里的喧嚣。我奔跑于来往的车辆间，拐入了左手边的小巷里停下，一时间喘不过气。前方出现大约40名警察，他们慢悠悠地走来，按响房子的门铃，想要找阿尔弗雷多·迪西尔维奥。一名女子从窗口向外张望并问道："出了什么事，有人死了吗？"警察们先是耐心等待了片刻，之后一群人爬上阳台、越过铁门，进入了房子。房子里有一盏吊灯、一个操控台，地上有几块地毯和丢下的几份样品，全然不见被通缉者的影子。远远地，我听到一些声响。原来，生于1992年的安东尼奥·卡萨莫尼卡就藏在地下，现在是时候再逃一次了。我来到德弗斯路的十字路口。在那儿，有一个全天24小时开放的广场，长期以来都是卡萨莫尼卡家族进行毒品交易的据点。"警卫"在此设置视频监控仅4天后，信号就中断了。卡萨莫尼卡家族的每家每户都自行安装了视频监控，监控摄像机周围设有围栏和监控台。家族通常会安排身体残疾或行动不便的亲属在此站岗，在警察突袭时给家人通风报信。

但眼下，警方对卡萨莫尼卡势在必得。家族妇女们一看到我的摄像机，就愤怒地扯着大嗓门骂骂咧咧道："快滚吧。"被捕男子的兄弟威胁道："我一锤子把你打趴下。"

在事发现场，手机、拖鞋被扔在半空中飞。一个女人上前来抢夺我们的摄像机，警察见势让我们退后。卡萨莫尼卡家人明确宣称："这是我们的房子。"几分钟后，来了一辆奔驰车，安东尼奥的父亲圭里诺·卡萨莫尼卡从车上下来，正是他接受了《伊内》节目的访问。他根本没正眼看"警卫"，直接冲上来指着我们。作为记者，我们只想做好本职工作，进行现场报道，却被他的保镖拦住了。"又是这个该死的摄像机。"他喊道。

警方告知我们，之前达成的媒体报道协议现在都作废了，必须顺从卡萨莫尼卡家人决定何时、以何种条件接受媒体报道。

于是我停止了现场拍摄。但在离我不远处有一名男子还在偷拍，卡萨莫尼卡家的女人们见状上前阻止。"我是警察。"他说着亮出了警徽，但女人们还是坚持不让步，于是这名警察也放下了相机。光天化日之下，甚至连国家机器也无力撼动这个家族，它俨然已成为一座坚不可摧的堡垒。四名通缉犯中有两人并未在现场被抓捕，他们第二天向宪兵自首，故意让警方难堪。当安东尼奥·卡萨莫尼卡从宪兵办公室出来时，满脸是胜利者的自豪。他在两名警员特工的陪同下走向带他去看守所的警车时，我大声质问他为什么要打女人。他听闻后挺起胸膛抬起头，直视镜头骂道："该死的，滚开。"

这座宅子是家族的骄傲，它历经岁月始终桀骜不驯、傲然挺立。仅仅几个月后，2018年11月底，位于罗卡贝纳达街15号的这座废弃旧宅，被改造为拉齐奥大区和内政部联合组成的打击黑手党行动小组办公室。

内政部部长马泰奥·萨尔维尼（Matteo Salvini）坐上推土机推倒了别墅，摄影师的快门将这一幕定格为永恒。拉齐奥大区区长津加雷蒂（Zingaretti）承诺将跟进推倒剩余的家族建筑。现场一名女士在与我交谈时表示："能在卡萨莫尼卡家的房子里开展活动，代表了我们的胜利。这固然是一场成本高昂的房屋拆除，也固然传达了积极信号，但通过摧毁而获得的胜利远非一场完美的胜利。"她身旁站着的一位穿衬衫的老先生说道："很多人还是不知道卡萨莫尼卡家族的真实面目。这个家族的年轻一代变本加厉，积攒了大量非法财富。他们也根本不住在条件艰苦的窝棚里，他们在一所房子里住了10年以后，如果房子被没收或拆除了,他们就会搬进另一户面积两倍大的地方。"因此,当部长开动推土机为"铲平黑手党别墅"而欢欣鼓舞时,我很想亲眼去看看那个已被夷为平地的旧址。我步行300米来到弗拉维亚·德米特里街,在我面前是一栋带游泳池的精美住宅,大门口端坐着两头石狮子。我等待朱塞佩·卡萨莫尼卡的归来,他曾因非法携带武器、洗钱、阴谋罪等罪名被判刑,2008年收到财产扣押令。这些财产[①]先前都登记在他女儿名下,直到女儿去世后,据法官判定这些财产可以追溯到朱塞佩。朱塞佩开着一辆菲亚特500跑车回家,这辆车被注册在另一个女儿名下。他下了车,我便询问他,像他这样一个从1990—2007年靠残疾抚恤金生活、除1992年以外从未报过税的人,到底是怎么获得这些别墅的。

生于1950年的朱塞佩·卡萨莫尼卡是佩雷的父亲,面对我的问题,他自有一套说辞:"这别墅不是我的,是我女儿的,她们送给我住。你们看到的这车也不是我的。"扣押令中写道,朱塞佩靠犯罪活动收入营生。"我们一家人都不明白黑手党到底是什么,谁是黑手党。"他邀请我进门喝一

---

① 罗马法院发布的预防措施,由法院院长温琴佐·卡波扎(Vincenzo Capozza)、法官布鲁诺·希基塔诺(Bruno Scicchitano)、法官卢卡·德拉·卡萨签发。

杯咖啡。他重新思考片刻后又说:"你们是什么,你们才是黑手党,是无赖。你们的罪名是什么?是你们在拍一部纯属虚构的电影。我们家族来自阿布鲁佐大区,我是意大利人,为祖国效力过,如今退休了。我是文盲,一无所有,无家可归,连这个房子也不是我的。卡萨莫尼卡家族到底是什么人?我们没有犯下任何罪行,这个判决是不公正的。"在他身旁坐着一个女人,一边扔石头一边唾骂:"你们这些烦人的东西,早晚有人会打烂你的嘴。"我问她是否是安娜·迪西尔维奥女士本人。她回答道:"去你妈的。"[①]这个故事讲述了一个家族的故事,一个统治罗马的家族。关于它的一切尽书于此:在一口浓重的方言里,在晦涩不明的意大利语里,蕴藏着一个犯罪家族的平行世界。在象征国家权力的罗马城内,这个世界是对法律的无尽嘲弄和对这座城市的无情占领。

---

① 该访谈为电视节目 *Piazzapulita* 制作,于 2018 年 12 月 6 日播出。

出 品 人：许　永
出版统筹：林园林
责任编辑：许宗华
特邀编辑：张春馨
封面设计：刘晓昕
内文制作：百　朗
印制总监：蒋　波
发行总监：田峰峥

发　　行：北京创美汇品图书有限公司
发行热线：010-59799930
投稿信箱：cmsdbj@163.com